John
le Carré

Silverview

ECUS
Publishing House

銀景莊園

約翰・勒卡雷——著
譯——李靜宜

27——勒卡雷作品

目次

1.

上午十點，倫敦西區，大雨滂沱，一名身穿寬鬆防風外套，頭裹羊毛圍巾的年輕女子，踩著堅定的步伐走向風雨呼嘯的南奧德利街。名喚莉莉的她，焦慮的心情不時轉為忿怒。她手戴無指手套，一手遮在眼睛上方擋雨，瞪大眼睛看門上的號碼，另一手推著蓋有塑膠布的嬰兒車，車裡坐著山姆，她兩歲的兒子。有些房子非常氣派，門上根本沒門牌號碼。另一些房子雖然有號碼，卻是另一條街的門牌號。

到了這個門柱上號碼漆得異常清楚，看似炫耀般的門口，她拖著嬰兒車，倒退爬上門階，蹙眉細看每一戶門鈴旁的住戶姓名，然後按下最底下的一個。

「直接推門進來，親愛的。」一對講機裡親切的女聲告訴她。

「我要找普羅克特。她說只能找普羅克特，其他人都不行。」莉莉馬上頂回去。

「史都華馬上就來，親愛的。」同一個安撫的聲音說。幾秒鐘後，門開了，出現一名戴眼鏡的瘦高男子，年約五十四、五歲，身體微微左傾，歪著長而尖的腦袋，露出半帶幽默的詢問表情。和他並肩而立的，是個身穿開襟毛衣，滿頭白髮，看似端莊主婦的女人。

「我就是普羅克特。需要我幫妳一把嗎？」他問，眼睛瞄向嬰兒車。

「我怎麼知道你就是？」莉莉追問。

「因為妳那位人人敬重的母親昨晚打了我的私人專線電話，要我今天過來這裡。」

「她說我們要單獨見面。」莉莉瞪著那名貌似主婦的女子反駁道。

「瑪麗負責照管這棟房子，如果需要，她也樂於提供任何協助。」普羅克特說。

主婦模樣的女人往前走，但莉莉甩開她，不加理會。普羅克特等莉莉進屋之後關上了門。在悄然無聲的門廳裡，莉莉掀開嬰兒車上的塑膠蓋布，露出熟睡寶寶的頭頂。他的頭髮又黑又捲，臉上是令人欣羨的滿足表情。

「他整晚都沒睡。」莉莉說，一手貼在寶寶額頭上。

「好漂亮。」名叫瑪麗的那女人說。

莉莉將嬰兒車推到光線最暗的樓梯下方，在車底下掏找，抽出一只素白的大信封，走到普羅克特面前。他那要笑不笑的表情讓她想起一位老神父，那是她以前唸寄宿學校時，理論上該去找他告解悔罪的老神父。她不喜歡那所學校，不喜歡那位神父，此時也不打算喜歡普羅克特。

「我應該坐在這裡等你看完信。」她對他說。

「妳當然要囉。」普羅克特欣然贊同，透過眼鏡歪著頭俯視她。「我可以說我非常非常遺憾嗎？」

「如果你有訊息要我帶回去，我會親口告訴她。」她說，「她不想接電話、簡訊或電子郵件。不論是局裡或其他人發來的訊息，也包括你。」

「這一切太讓人難過了。」普羅克特神色凝重，沉思良久才說，彷彿這時才突然醒悟過來，意識到手中有封信。他推測似地以削瘦的手指戳著信封：「好一封鉅作，我不得不說。妳覺得有幾頁？」

「我不知道。」

「特別訂製的專用信紙？」——手指繼續戳著——「不可能，沒有人會訂製這麼大的信紙。我猜，大概只是普通的打字用紙。」

「我說過了，我沒打開看。」

「妳是說過。好，」——他那帶點滑稽的微笑立刻讓她卸下了心防——「該辦正事了。看來我得花點時間讀信。能否容我告退片刻？」

門廳另一側有間空蕩蕩的客廳，莉莉和瑪麗面對面坐在格紋木扶手休閒椅裡。兩人之間刮痕累累的玻璃茶几上，一只錫質托盤擺著裝有咖啡的保溫壺和巧克力消化餅乾。莉莉不想喝，也不想吃。

「她還好嗎？」瑪麗問。

「謝謝妳，我們也無法期待更好了吧，就一個快死的人來說。」

「是啊，太可怕了，這實在是。向來都是這樣。但她的精神呢，還好吧？」

「她神智很清楚，如果妳是指這個的話。她不打嗎啡，因為不贊成那東西，但情況許可時，還是會下樓吃晚餐。」

「而且也還能享受她的美食吧，我想？」

莉莉再也受不了這樣的對話，於是大步走向門廳，忙著照料山姆，直到普羅克特再次現身。他的房間比先前那間更小，窗上髒兮兮的網紗窗簾非常厚重，室內因而更為陰暗。普羅克特謹慎地適度保持兩人間的距離，站在房間另一端牆邊的電熱器旁。莉莉不喜歡他的臉上表情。你現在是伊普斯威奇

（Ipswich）醫院的腫瘤科醫師，而你要說的，是只能對近親透露的消息。你準備告訴我，她就快死了，但這我早就知道，所以你還有什麼新鮮的事要說嗎？

「我理所當然認為妳知道妳母親在信裡寫了什麼，」普羅克特語氣平淡，這時的他已不像那位她當年不肯去找他告解的神父，而更像是個有血有肉的人。他見她已準備開口否認，便說：「就算沒看全部的內容，至少也知道大概的意旨。」

「我說過了，」莉莉忿然反駁，「不管是大概的意旨，還是其他什麼，媽都沒告訴我，而我也沒問。」

這是我們以前在宿舍裡玩的遊戲：妳能瞪著另一個女生看多久，不眨眼，也不笑出來？

「好吧，莉莉，我們不妨換個角度來說。」普羅克特寬容的態度非常讓人氣惱，「妳不知道信中內容，也不知道信的主旨是什麼。但妳告訴過這個或那個朋友，說妳要來倫敦送這封信。所以，妳告訴誰了？因為我們真的非知道不可。」

「我他媽的沒向半個人說半個字。」莉莉瞪著房間另一頭那張面無表情的臉。「媽說不能講，所以我就沒講。」

「莉莉。」

「幹嘛？」

「我對妳個人的情況所知不多。但以我略知的情況，我知道妳必定有某個伴侶。妳是怎麼對他說的。也可能是個女的，所以妳是怎麼對她說的？妳不可能丟下妳飽受折磨的家人，消失一整天，連個理由都不給吧？比較符合人性的作法應該是對男朋友、女朋友、好朋友——甚至某個泛泛之交——說：「你猜得到嗎，我要替我媽將一封超級機密的信親手遞送到倫敦。」

「你說這是人性？對我們來說？像這樣交談？對某個泛泛之交？所謂的人性是，媽說她不希望我告訴任何人，所以我就沒告訴任何人。更何況我曾經被教訓過。被你們的人教訓。他們把我登記在案。三年前，他們拿著一把手槍抵住我的頭，說我年紀已經夠大，可以保守祕密了。此外，我沒有伴侶，也沒有一群閨蜜可以整天八卦。」

瞪人比賽又開始了。

「我也沒告訴我父親，如果你想知道的是這個的話。」她又補上一句，口吻比較像是告解。

「妳母親指示妳不該告訴他？」普羅克特質問的語氣變得尖銳。

「她沒說我應該告訴他，所以我就沒告訴他。我們就是這樣。我們家就是這樣。對彼此躡手躡腳，小心翼翼。也許你家也是這樣。」

「那麼，如果妳願意透露，請告訴我，」普羅克特沒說他家究竟是不是這樣，「純屬好奇，妳今天來倫敦，用的表面理由是什麼？」

「你是指我捏造了什麼掩護故事？」

房間另一頭那張憔悴的臉頓時亮了起來。

「是啊，我應該就是這個意思。」普羅克特承認，彷彿掩護故事對他而言是個新概念，一個非常令人欣喜的概念。

「我們要在我們附近找托兒所。靠近我在布魯姆斯伯里的公寓，等山姆三歲時就可以註冊入學。」

「妙極了。妳會真的這麼做嗎？去找間真正的托兒所？妳和山姆？找學校裡的人談談之類的？幫他先登記？」普羅克特此時成了關心的叔叔，而且是個講話很有說服力的叔叔。

「這得看我帶山姆離開這裡的時候，他的情況如何再說。」

「如果可以，請務必想辦法去學校看看，」普羅克特這麼慫恿，「這樣妳回去之後，情況會比較容易。」

「比較容易？比較容易幹嘛？」——又生氣了——「你的意思是，比較容易扯謊？」

「我的意思是，可以比較容易不扯謊。」普羅克特認真糾正她。「要是妳說妳和山姆要去看學校，而且確實去看了，回家之後就可以說你們去過了，這都是實話，哪來的謊言？妳承受了極大的壓力，我無法想像妳怎麼能受得了。」

一晌窘迫之後，她知道他是認真的。

「那麼，問題還是沒解決，」普羅克特繼續說，話題轉回正事，「我該請妳帶什麼樣的訊息回去給妳那位勇敢至極的母親？因為我們欠她一個答案。我們一定得給她。」

他停頓一下，彷彿希望能得到她的些許幫助。沒得到她的任何助力，他繼續說。

「就像妳說的，只能帶口信給她，而且妳會親自帶到。莉莉，我真的很抱歉。我可以開始說了嗎？」他沒等她答話就說了起來，「我們的答覆是，全都答應。所以總共有三個『好』。我們會牢記她捎來的訊息；她擔心的事情，我們會立即採取行動；她所有的條件我們全都接受。這些妳全記得住嗎？」

「就這幾個字，我記得住。」

「噢，還有，當然要請妳轉達，我們由衷感謝她的勇氣與忠誠。當然也謝謝妳，莉莉。我要再說一次，真的很遺憾。」

「那我爸呢？我應該對他說什麼？」莉莉毫不妥協地繼續追問。

那略帶滑稽的微笑又出現了，宛如一道照得人暖暖的光。

「對，嗯。妳可以告訴他，妳等會兒要去看的那家托兒所的事，對吧？畢竟這是妳今天之所以要來倫敦的原因。」

•

雨水不斷從人行道噴濺到身上，但莉莉一直走到芒特街，才攔了輛計程車，要司機載她到利物浦街車站。也許她原本確實打算去看托兒所。她已經搞不清楚了。說不定她昨晚就是這麼宣布的，雖然她很懷疑，因為她當時已決心不再向任何人解釋自己的任何事。也說不定，在普羅克特逼問她之前，她根本就沒有如此念頭。她唯一知道的是：她才不要因為普羅克特，而去拜訪任何一家見鬼的學校。都去死吧，那一個個垂死的媽媽和她們該死的祕密，一切的一切。

2.

同一天早上，在東英吉利外海岸的濱海小鎮，名喚朱利安・隆德斯利的三十三歲書店老闆走出他嶄新書店的側門，裹住脖子的黑色大衣絲絨衣領是他兩個月前拋棄的倫敦金融區生活的遺跡。他沿著荒無人跡的卵石灘岸海濱小路奮力前行，想找一家在這蕭索淡季裡仍供應早餐的咖啡館。

他的心情不甚友善，無論是對自己，還是對這整個世界。昨晚，花了好幾個鐘頭獨力清點存貨之後，他爬上樓梯，到店面樓上剛整修好的閣樓房間，才發現既沒電，也無自來水可用。包工的電話轉到了答錄機。他沒去住旅館（即便要是在這個時節還找得到旅館的話），而是點燃四盞香氛蠟燭，開了一瓶紅酒，倒了一大杯給自己，然後將備用毛毯全堆到床上，鑽進毯子裡看起書店帳簿。

這帳簿沒能讓他掌握任何新資訊，全都是他早已知道的。他一時衝動逃離了無止盡的競爭，一頭撞進的卻是個慘淡的新開端。而他也能自行補充帳簿透露的其他問題：他不具備忍耐孤寂與獨居生活的條件；他不久前的生活中那些嘈雜議論，並未因距離而平息；而高檔書商所需的文學基礎教育，他經過這一兩個月磨練，仍未具備。

這家咖啡館是個夾板小屋，擠在一排愛德華時代的海灘小屋後面，陰沉沉的天空裡，成群海鳥尖鳴不止。他晨跑時曾見過這個地方，但從未有過踏進店內的念頭。門口閃爍的綠色招牌上，「冰淇淋」少了個「淋」字。他用力將門推開，頂著強風緊緊抓牢，走進屋裡之後才輕聲關上。

「早安，親愛的！」熱情的女聲從廚房那端響起，「空位都可以坐！我馬上過來，好嗎？」

「早安。」他含含糊糊說。

日光燈下，十二張罩有紅格塑膠布的空桌子。他挑了一張餐桌坐下，小心翼翼從調味罐和醬料瓶之間抽出菜單。開敞的廚房門裡傳來國際新聞播報員的聲音。背後響起沉重拖沓的腳步聲，讓他知道有其他客人進門了。他朝牆面上的鏡子一瞥，認出那人就是令人震驚的愛德華・埃文先生本人。他覺得頗為有趣，但又不完全放心。埃文先生是昨天晚上到他店裡胡攪蠻纏，但又頗具魅力的那位顧客，如果什麼都沒買也能稱之為顧客的話。

雖然從鏡子裡還看不見來者的臉——渾身散發恆動氣息，心無旁騖地摘下寬邊洪堡帽，調整掛在椅背上那件濕漉漉的淺黃褐色風衣——不管是那頭亂糟糟的白髮，還是那以不可一世的浮誇姿勢從風衣內裡抽出折起來的《衛報》，攤平在面前桌上，那纖巧得出人意料的手指，都讓他百分之百確定，那正是埃文先生。

•

那是昨天傍晚的事。當時，書店再過五分鐘就要打烊，店裡沒有來客。差不多一整天都沒人。朱利安站在收銀機前，計算這一天少得可憐的收入。從幾分鐘之前，他就注意到對街人行道上有個頭戴洪堡帽，身穿淺黃褐色風衣，配備一把收捲起來雨傘的人，形單影隻地站著。打從經營這家生意清淡的店舖這六個星期以來，他已經成為那些光盯著看、卻又不走進來的人的鑑賞專家，那些人也開始讓他覺得心煩意亂了。

這個人是不喜歡書店粉刷成豆綠色——說不定他是個老鎮民，不喜歡鮮豔奪目的顏色？還是不滿他以人人買得起的優惠折扣出售這些陳列的大量好書？又或者，是因為朱利安店裡雇用的二十一歲斯洛伐克工讀生貝拉？貝拉常站在櫥窗前，尋找形形色色、可以成為戀人的對象。但並不是，因為此時她正在倉庫裡，打包準備退回出版社的存貨。就在這時，奇蹟中的奇蹟，此人真的舉步跨街而來，摘下帽子，推開店門，亂糟糟白髮下一張六十幾歲的臉孔探了進來，看著朱利安。

「你們要打烊了，」充滿自信的嗓音對他說，「你們要打烊了，我應該改天再來，不打擾了。」但一只滿是泥濘的褐色便鞋已踏進門內，另一只緊跟著進來，最後是那把雨傘。

「沒，我們沒打烊，」朱利安向他保證，以圓滑的態度應付圓滑，「我們理論上是五點半打烊，但我們很有彈性，所以請進請進，您要待多久都行。」他又開始算起帳。這名陌生人細心地將傘插進維多利亞風格的傘架，洪堡帽掛在維多利亞風格的帽架，藉此對這間書店為了吸引小鎮上不虞匱乏的銀髮族而選擇的復古風格致敬。

「有特別想找的書，或者只是看看？」朱利安問，將書架上的燈全打開。但這位顧客根本沒聽他的問題，剃得乾乾淨淨的大臉如演員般靈動，嘖嘖稱奇，充滿喜悅。

「我毫無頭緒，」他的手臂以行雲流水般的姿勢指著一架架的書，表達他無上的讚歎。「這鎮上終於有家真正有生命力的書店，可以讓我們引以為傲了。請容我說，我非常讚佩。由衷讚佩。」

他開始以行動表示，畢恭畢敬地檢視一排排書架——小說，紀實，地方意趣，旅遊，經典，宗教，藝術，詩——不時停下腳步，取下一冊，展現某種藏書家特有的審酌：封面、書封折口、紙質、裝幀、普遍的重量與閱讀方便性。

「請容我說，」他又說。

這嗓音可是純粹的英國腔？醇厚，意興盎然，魅力十足。但在那抑揚頓挫之間，是不是隱隱藏有一絲異國風味？

「您想說什麼？」朱利安大聲回答。他正在狹小的辦公室裡翻查今天的電子郵件。這陌生人再度開口，但口氣變得不太一樣，有點推心置腹的味道。

「我猜想，你們這家不同凡響的新書店換了新的管理階層。我說的沒錯吧，還是我完全猜錯了？」

「是有新的管理階層沒錯。」朱利安還是在辦公室裡，透過敞開的門說。沒錯，這個人嗓音裡有一絲外國味道。就只有一點點。

「我能否冒昧一問，也換了新老闆嗎？」

「但問無妨，而答案是：百分之百正確。」朱利安愉快證實，又回到收銀機前的位置。

「那麼——請原諒我，」他的語氣嚴肅起來，帶點軍人的味道。「請問——有沒有可能，你就是這位年輕水手本人，又或者不是？因為我必須知道。或者，你是他的副手？他的代理人，或他的其他什麼？」接著，不知為何，他斷下結論，認為這一連串追問讓朱利安覺得有些無禮：「我絕對不是針對個人，請放心。我的意思只是，你們那位平凡無奇的前任老闆將自己的店命名為『古代水手』，而你，先生，身為年輕許多，請容我這麼說，同時也更教人滿意的後繼者——」

兩人你一言我一句，說的雖是英文，卻始終不知所云，直到朱利安坦承他既是店長，也是老闆，一切才總算有了交集。這名陌生人說：「能否容我動手拿一張？」動作靈巧得像是從螺殼中挑出螺肉那般，他修長的手指在名片架上挑出一張介紹書店的名片，拿到燈光底下，用自己的雙眼檢查印證。

「我所言若是有誤，還請糾正，我說話的對象就是J. J. 隆德斯利先生本人，也就是隆德斯利好書店的獨資老闆與店長，」他以慢得誇張的動作緩緩垂下手臂，下了結論，「這是事實，或是我虛妄的想像？」接著轉頭觀察朱利安的反應。

「事實。」朱利安證實。

「這第一個J代表的是？我這麼問會不會太失禮？」

「不會。第一個J是朱利安。」

「偉大的羅馬帝王。那麼第二個J呢，這麼問更失禮吧？」

「傑洛米。」

「不是顛倒過來？」

「絕對不是。」

「有人叫你JJ嗎？」

「依我個人之見，我建議叫我朱利安就好。」

這陌生人蹙起眉頭思索，他眉骨凸出，淡黃色的眉毛裡夾雜點點灰白。

「那麼，先生，你是朱利安．隆德斯利本人，不是他的化身，也不是他的影子。請見諒，在下我是愛德華．埃文，也就是埃文河的『埃文』，很多人稱我泰德或泰迪，但對我的同儕來說，我一直就只是愛德華。你好嗎，朱利安？」他伸出一手越過櫃台，雖然他手指如此纖細，但握手力道卻出乎意料地強。

「嗯，你好，愛德華，」朱利安回得輕快，待時機恰當不顯失禮，便迅速將手縮回，等著看似正在推敲下一個舉動的愛德華．埃文。

「朱利安，我能否說句有點私人、甚至可能略為失禮的話？」

「只要不是太過私人的問題就行，」朱利安謹慎回答，但心情仍然輕鬆。

「無意冒犯，但如果對你這些令人印象極為深刻的新書提出某些絕對無足輕重的建議，你是否會介意？」

「請儘管說沒關係。」朱利安客氣地答道，因為危險的烏雲已散去。

「這純粹是個人判斷，也只是反映我個人對這個問題的感受。你能瞭解嗎？」顯然很瞭解。「那我就繼續。依我深思熟慮之見，在壯麗的本郡，或類似的其他郡裡，『地方意趣』的書架上若無澤巴爾德[1]的《土星環》，就不能稱為完整。但我看得出來你不太知道澤巴爾德。」

你是怎麼看出來的？朱利安很想知道。但他不得不承認，自己確實是首度聽說這個名字，而讓他更覺得陌生的是，愛德華．埃文是以德語發音念出澤巴爾德的名字。

「我得先警告你，《土星環》並不是你我認知中的那種旅遊書。我太自命不凡了，你可以原諒我吧？」

他可以。

「《土星環》絕對是第一流的精妙之作。《土星環》是一趟心靈之旅，從東英吉利的旅程出發，勾勒整個歐洲的文化傳承，甚至直視死亡。W. G. 澤巴爾德，」他這次用的是英語發音，好讓朱利安可以將之寫下，「他以前是我們東英吉利大學的歐洲文學教授，和我們大部分人一樣鬱鬱寡歡，而今呢，也已經死了。為澤巴爾德掬一把淚吧。」

「我會的。」朱利安保證，仍然手不停筆。

「我想我已經待得太久，變得不受歡迎了，先生。我什麼也沒買，我一無所長，但心存敬畏。晚安，先生。晚安，朱利安。祝你這出色的新事業成功順遂——可是，慢著！我看到的是地下室嗎？」

愛德華．埃文的眼神亮了起來，因為他看見在低價出清區的另一角，被維多利亞風格屏風半掩住的地方，有個往下的旋轉梯。

「那裡恐怕空無一物。」朱利安說，又繼續算他的帳。

1 澤巴爾德（Winfried Georg Maximillan Sebald, 1944-2001），德國作家，出生於德國巴伐利亞，後移居英國，曾任教於東英吉利大學，在英國諾福克車禍喪生。其文學作品在德語與非德語國家均廣受矚目。《土星環 *Die Ringe des Saturn*》為遊記，記敘在英國薩福克的朝聖之旅。

「但為什麼是空的呢，朱利安？在書店裡？這裡不該有閒置空間才對啊！」

「其實是我還沒想好要做什麼。也許當二手書區。看著辦吧。」他開始覺得累了。

「我可以看一下嗎？」愛德華．埃文不放棄。「請原諒我可恥的好奇心，可以嗎？」

朱利安除了答應，還能怎麼辦？

「下樓梯時，電燈開關在你左手邊。請小心腳步。」

愛德華．埃文以出乎朱利安意料的敏捷動作消失在旋轉梯下。朱利安豎起耳朵，等待著，但什麼也沒聽見。他對自己的決定很不解。我為什麼讓他這麼做？這個人簡直不可理喻。

埃文再度出現，和他消失時一樣敏捷。

「太了不起了，」他充滿敬意，「未來肯定充滿樂趣的空間。請容我由衷恭喜你。再次祝你晚安。」

「我能否請教你是做什麼工作的？」他開始朝門口走去時，朱利安在他背後喊道。

「你問我嗎，先生？」

「正是你，先生。你是作家嗎？藝術家？記者？學者。我本該久仰大名，真的，但我才剛剛搬來此地。」

對於這個問題，愛德華．埃文似乎和朱利安一樣困惑。

「這個嘛，」他顯然思索許久之後才回答，「這麼說吧，我是條英國雜種狗，已經退休了，以前是個毫無成就的學術圈人，做點雜活過日子。這樣算回答了你的問題嗎？」

「我想應該是了。」

「那就再會啦。」愛德華站在門口留戀地向他瞥了最後一眼。

「再會啦。」朱利安愉快回答。

這時，這位愛德華．埃文河的埃文先生戴上他的洪堡帽，調整好角度，手拿雨傘，勇敢地快步走進夜色裡。但他還未及離去之前，朱利安已從他道別的呼吸氣息裡聞到濃厚的酒精味。

•

「決定好今天要吃什麼了嗎，親愛的？」老闆問朱利安，仍是剛才進門時招呼他的那種濃厚中歐口音。但朱利安還來不及回答，愛德華．埃文厚實的嗓音就在海風呼嘯與咖啡館薄牆的吱嘎呻吟聲中響起。

「早安啊，朱利安。我想，你在這一團混亂裡休息得還不錯吧？建議你來份艾德麗亞娜的超大蛋卷。她的蛋卷好吃得不得了。」

「噢，好吧，謝謝。」朱利安轉頭說，但仍然不願意叫他愛德華。「我來一份試試。」接著對站在他旁邊的豐滿女服務生說：「還要一份全麥吐司，一壺茶，麻煩妳。」

「要鬆鬆軟軟、就像我做給愛德瓦[2]的那樣？」

---

2 艾德麗亞娜因為有東歐口音，因而將「愛德華」唸成「愛德瓦」。

「鬆軟好。」然後很無奈地對埃文說：「所以，這裡是你最喜歡的小酒館？」

「在我按捺不住衝動的時候。艾德麗亞娜是我們這小鎮上保密功夫第一流的人。對吧，親愛的？」

儘管言詞依舊浮誇，但今早他朝朱利安拋來的堅定嗓音，卻像是一把火力不足的步槍。不過，念及他昨晚的呼吸氣味，倒也不意外。

艾德麗亞娜踩著重重的步伐，開心走回廚房。屋裡再度陷入不安的沉寂，海風狂嘯，這棟粗製濫造的房子在壓力下搖搖晃晃，愛德華．埃文埋首讀著他的《衛報》，朱利安則是只能安於凝望被雨水拍打的窗戶。

「朱利安？」

「怎麼，愛德華？」

「其實，有個最不可思議的巧合。我是你那位受人愛戴的父親生前的朋友。」

又一陣大雨傾盆而下。

「哦，真的？這也太離奇了吧。」他只說得出這句話。

「我們以前一起被關在一所可怕的公學裡。亨利．肯尼斯．隆德斯利。但他的同學喜歡暱稱他偉大的H.K.。」

「他常說，當學生那些年是他此生最快樂的時光。」朱利安勉強承認，但不完全相信愛德華的說法。

「唉，要是有人認真審視這個可憐人的一生，很可能會悲哀地下結論，認為他說的百分之百是事實。」埃文說。

之後，除了強風再度吹襲，廚房裡的廣播電台嘟嘟囔囔講著外國話之外，又是一片沉寂，朱利安發現自己迫不及待想回到那間他自己也還沒培養出歸屬感的空蕩蕩書店。

「我想大概有人會這麼說吧。」他漫不經心地附和，慶幸看見艾德麗亞娜正端著他的膨鬆蛋卷和茶走近。

「可以和你一起坐嗎？」

不管朱利安答不答應，埃文已經端著咖啡，站了起來。朱利安不知道哪件事比較令他意外：是這個人顯然熟知他父親不幸的一生，或者，是看見埃文那雙泛紅的眼睛深陷眼窩，兩頰一條條勞苦的皺紋與星星點點的銀色鬍渣？如果那是宿醉造成的，那麼他昨晚狂飲的程度勢必是終生難得一見。

「你那位親愛的父親可曾提起我？」他坐下之後這麼問，身體前傾，那雙枯槁的褐色眼睛彷彿在哀求朱利安。「埃文？泰迪．埃文？」

就朱利安印象所及，沒有。抱歉。

「貴族俱樂部？他沒對你提起過貴族？」

「他確實提過，沒錯。他提過。」朱利安驚呼。不管究竟如何，他僅存的一絲懷疑已逐漸消失了。

「那個根本就不是辯論社的辯論社。我父親成立的社團，只開了半次會就被解散了。他差點因此被退學。他是這麼說的——以前。」他謹慎地補上一句，因為就連他已故父親自己的說明也向來不夠明確。

「H. K.是社長，我是他的副社長。他們差點也把我趕出學校。我倒是很希望他們當時真那麼做。」——喝一大口咖啡——「無政府主義，布爾什維克主義，托洛斯基主義，不管是什麼，只要是反對當權派的主義，我們都迫不及待地吸納進來。」

「他也是這麼說。」朱利安同意，然後等著，埃文也一樣，兩人都在等對方打出下一張牌。

「然後，天哪，你父親上了牛津，」埃文回憶良久，假裝打了個哆嗦，沒什麼力氣的嗓音壓得更低，那雙粗眉小丑似地朝天一挑，斜瞥朱利安一眼，看他有什麼反應，「然後就落入他們手中了。」——他很同情地將一手搭在朱利安前臂——「不過，你也許有宗教信仰，朱利安？」

「我沒有。」朱利安斷然答道，怒氣漸漸湧現。

「那我可以繼續說嗎？」

朱利安替他說：

「我爸在牛津落入一群美國資助的重生福音教派狂熱信徒手中，他們一個個剪著短頭髮，打時髦領帶，把我爸載到瑞士某座山頂，把他變成了熱情激昂的基督徒。你想說的就是這個吧？」

「我也許不會用這麼苛刻的言詞，但我怎麼說，都沒辦法像你形容得這麼好。你真的沒有宗教信仰？」

「真的沒有。」

「那麼你已掌握了智慧的根基。他在牛津那時，這可憐的傢伙，他在寫給我的信上說他『欣喜若狂』，前程似錦，女孩不虞匱乏——沒錯，她們就是他的軟肋，怎麼會不是呢？——不過，到大二結束時——」

「他們擄獲他了，對吧？」朱利安打斷他，「然後在接受任命成為神聖的英吉利教會牧師十年之後，他站在講壇上，當著所有參加週日禮拜的信眾面前，公開放棄信仰：我，H. K. 隆德斯利，接受聖職的牧師，在此宣布，上帝並不存在，阿門。你要說的就是這個吧？」

愛德華．埃文現在想提的，是那時狗仔小報大肆渲染他父親多彩多姿的性生活，和其他放浪形骸的故事？或者，是要追問曾經受人敬重的隆德斯利家族被趕出牧師宅邸，身無分文流落街頭的血淋淋細節？還有朱利安在父親早逝之後，自己是如何放棄讀大學的希望，到遠房伯父在倫敦金融區經營的商行當打雜小弟，以償還父親的債務，讓母親的餐桌上能有麵包可吃？因為，如果他想談的是這些事情，朱利安絕對會在二十秒內推門離去。

然而愛德華．埃文的臉上沒有一絲猥瑣的好奇，而是換上一張真心同情的面具。

「你當時也在嗎，朱利安？」

「在哪裡？」

「在教堂裡？」

「說來湊巧，沒錯，我在。那時候你在哪裡？」

「真希望當時我能陪在他身邊。一聽到他出事——但已經晚了一點——我就立刻寫信給他，只要能幫上任何忙，我都願意。不管是友情的支持，或是我能提供的金錢。」

朱利安兀自思索了好一會兒。

「你寫信給他，」他重覆埃文所說，但語氣是疑問句，之前的不信任感又回來了。「有沒有收到回信？」

「我沒收到回信，不過那是我活該。我在和你父親最後一次見面時，罵他是個神聖的蠢蛋。他對我的提議不屑一顧，我完全不能怪他。我們沒有權利侮辱另一個人的信仰，無論那信仰有多荒謬。你同意嗎？」

「大概吧。」

「當然了，H. K.棄絕他的宗教信仰時，我為他感到非常驕傲，而且，請容我這麼說，我也越俎代庖地為你感到驕傲，朱利安。」

「你說什麼？」朱利安驚呼，不由自主地大笑失聲。「你的意思是，因為我是H. K.的兒子，而且開了家書店？」

但愛德華．埃文一點都不覺得好笑。

「因為你就和你親愛的父親一樣，找到了叛離的勇氣：他逃離上帝，而你逃離拜金主義。」

「什麼意思？」

「我知道你原本是倫敦金融區很成功的操盤手。」

「是誰告訴你的？」朱利安頑固地追問。

「昨晚離開你的書店之後，我說服了西黎雅讓我用她的電腦。真相馬上大白，讓我非常傷心。你那可憐的父親五十歲就過世，身後留下一個兒子，朱利安．傑洛米。」

「西黎雅是你的妻子？」

「是往日情懷的西黎雅，也就是你那條大街上不同凡響的鄰居。她的店幫越來越多從倫敦過來這鎮上度週末的有錢人代收他們訂購的物品。」

「你為什麼要偷偷摸摸地去找西黎雅？為什麼在我店裡那時候不直接問？」

「我很矛盾。你有可能是，我滿懷希望，但又不確定。」

「我記得你昨晚喝了不少。」

埃文顯然不打算聽見這句話：

「你的姓馬上引起我的注意。我很清楚這在當時是一樁醜聞。我不知道當時鬧得那麼大的事情後來究竟如何發展，也不知道你父親已經過世。如果你是H.K.的兒子，我可以想見你吃了多少苦。」

「那你怎麼知道我逃離了金融區？」朱利安問，不肯接受他的安撫。

「西黎雅剛好提到你無預警地放棄了在金融區的優渥生活，她有些不解。」

朱利安這時很想回到之前的話題，也就是愛德華．埃文在他父親迫切需要幫助那時提議給予所有協助的事，然而愛德華．埃文另有想法。他整個人已經重新振作起來，眼裡閃現著新的熱情，嗓音也恢復了原有的華麗和洪亮：

「朱利安，為了紀念你父親，也為了命運引領我們在短短幾個鐘頭內兩度相遇，我們可以談談你那美不勝收的寬闊地下室。你可曾想過，那地方可能蘊藏什麼寶藏，可能完成多少神奇的成就？」

「這個嘛，沒有。其實我沒有想過，愛德華，」朱利安答說，「你有嗎？」

「我們見過面之後，我稍微想了一下。」

「很樂意聽聽。」朱利安這麼說，但不無懷疑。

「假設你創建——在這個仍未開發的絕佳空間——某種從未有人嘗試過，具有無比魅力與原創性的地方，成為這地區每一位知識分子或可能成為知識分子的顧客討論的焦點？」

「假設。」

「不只是二手書區，不是僅僅隨意陳列毫無特性的書籍，而是提供我們這個時代——也是空前的時代——最樂於接受挑戰的有志之士，選書目標明確的知識殿堂。能讓任何男男女女從街上走進來時一無所知，離開時卻帶著更宏大的視野，更豐富的知識，以及更強烈渴望的一個地方。你為什麼在笑？」

這個地方啊，是某人日前剛宣稱自己是書店老闆，而後才發現這一行自有其古怪的技能與知識，也許他能偷偷全部學會，但與此同時，還繼續將自己的庫存賣給心存感激的大眾的地方。

儘管心裡浮現這沒意義的想法，朱利安卻開始相信這主意本身的價值。然而這不代表他已準備好要向愛德華．埃文透露。

「你剛才看起來有點像我父親。不好意思，請繼續。」

「偉大的小說家當然要有，但不止於此。還要有哲學家，自由思想家，重要運動的倡議人，甚至包括我們也許深惡痛絕的人。不是由宰制一切的文化官僚那死氣沉沉的手來決定，而是由隆德斯利好還要更好的好書店來挑選。稱之為——」

「稱之為什麼呢，比方說？」朱利安追問，有點不知所措。

埃文沉吟一晌，為了更進一步提振他這位聽眾的期待：

「我們應該稱之為『文學共和國』。」他宣布，然後背往後一靠，雙臂交疊，盯著眼前這個男人。事實是，就算朱利安一開始覺得這是他聽過最誇張的行銷宣傳，以精準到令人起疑的手法，善加利用了他對自己文化涵養不足的深刻感受——更何況提出這個天馬行空的放肆假想的，是他始終強烈懷疑其善意的人——然而，愛德華．埃文的遠大願景卻直接擊中了他的心，直接擊中他之所以來到此地的原因。

文學共和國？

他信了。

聽來熟悉。

氣派非凡，但又人人可接受，值得努力一試。

他很可能會給個較金融區人士本能反應「聽來很不錯，我得想想看」更為積極正面的答覆，但愛德華．埃文已經站了起來，拿起他的洪堡帽、淺褐黃風衣和雨傘走向櫃台，此刻正站在那裡和豐滿的艾德麗亞娜談得起勁。

但他們是用哪種語言在交談？

在朱利安聽來，那正是廚房收音機裡那個播報員講的語言。愛德華．埃文說，艾德麗亞娜大笑，回話。愛德華又開玩笑，和艾德麗亞娜齊聲哈哈大笑，一面走向門口。然後轉身面對朱利安，給他最後一個疲憊的微笑。

「剛才我心情有點低落，相信你會原諒我。很高興能見到H.K.的兒子。非比尋常。」

「我沒察覺到什麼問題，我覺得你很了不起，真的。我是指文學共和國。我在想，也許你哪天能過來，給我一些建議。」

「我？」

「有何不可？」

說真的，熟知澤巴爾德，從事某種學術研究，同時又愛書，有大把時間可消磨的人，有何不可呢？

「我打算在書店二樓開個咖啡吧，」朱利安繼續發揮魅力，「要是運氣好，下個星期就會弄好。請過來坐坐，我們可以聊一聊。」

「親愛的朋友，這真是個慷慨的邀請。我會儘量安排看看。」

洪堡帽底下竄出雙鬢白髮的愛德華．埃文再次踏進風雨裡，朱利安則走向結帳櫃台。

「你不喜歡你的蛋卷嗎，親愛的？」

「很喜歡。只是份量有點太多。我想請教一個問題。剛才你們倆交談，說的是什麼文？」

「我和愛德瓦？」

「是的，和愛德瓦。」

「波蘭語啊，親愛的。愛德瓦是個優秀的波蘭男生。你不知道嗎？」

不，他不知道。

「是喔。他現在心情很不好，因為老婆生病。她就快死了。你不知道？」

「我才剛搬來。」他解釋。

「我家齊里爾是護理師，在伊普斯威奇綜合醫院工作。是他告訴我的。她不肯再和愛德瓦講話。她趕他走。」

「他太太趕他走？」

「也許她是想要一個人死。有些人是這樣的。他們一心只想死，大概是想上天堂吧。」

「他太太也是波蘭人？」

「不是，親愛的，」發自內心的真誠大笑，「她是位英國淑女，」一隻手指橫在鼻子底下，表示他那位太太高人一等。「你要找錢嗎？」

「不，不用找了。謝謝妳。蛋卷很好吃。」

•

安全返抵書店之後，朱利安開始有非常不適的感覺。以前他也曾認識幾個行騙手法堪稱藝術的大騙子，但如果愛德華也是這樣的騙術大師，風格顯然獨樹一幟。光是想像都很難，難道他今天會冒著滂沱大雨，早上八點就躲在書店附近晃蕩，只為了逮住微乎其微的機會，賭朱利安會冒雨出門，然後一路跟蹤去到艾德麗亞娜的咖啡館，目標明確地設法要朱利安照著他的想法去做？他瞥見大街另一頭的某個門前，躲在雨傘底下縮成一團的那個身影，有沒有可能就是埃文？

可是，最後為什麼無疾而終？

如果可憐的埃文最迫切需要的是有人陪伴，朱利安難道沒有義務為他已故父親的老友提供陪伴？尤其是他那位行將就木的妻子如果又趕他離開？

最重要的關鍵是——愛德華．埃文或者任何人怎麼可能知道朱利安家裡沒水也沒電？

朱利安羞愧於自己這些可恥的想法，彌補之道就是在電話上痛罵一個接一個出差錯的工匠，而後打開電腦，點進他父親過去曾就讀的那所西部公學的網站。這所學校如今正因為虐童事件遭到調查。

他查到確實有一位姓埃文，名泰德（非縮寫）的學生，以「額外錄取」的方式進入中學六年級就讀，就學期間一年。

接著，他又進行一連串徒勞無功的搜尋。起初只輸入「愛德華．埃文」，接著輸入「愛德華．埃文，學者」，最後是「愛德瓦．埃文，波蘭語」。他沒找到任何相符的結果，連似是而非的都沒有。本地的電話簿沒有登載任何以埃文為姓的人。他嘗試透過線上電話地址服務系統查詢，結果是：號碼不公開。

中午，工班不告而至，一直待到下午都過了大半才離開。基本的水電供應都恢復了。傍晚，他翻著前任店主不同凡響的珍品與二手書籍訂單，碰巧看見一張頁緣已翻得捲了起來的卡片，標註「埃文」，沒有名字縮寫，沒有地址，沒有電話號碼。

這位埃文，可能是女士，也可能是先生，喜歡名叫N.杭士基的作家，只要是狀況良好的精裝書，不論哪本著作，他都有興趣。八成是某個默默無聞的波蘭人，他不屑地自言自語。正想將卡片丟開，內心卻又一動，在電腦上查起這個N.杭士基。

諾姆·杭士基，著作超過百餘冊，是分析哲學家、認知科學家、邏輯學家、社運分子，美國國家資本主義與外交政策批判者，曾多次入獄。被譽為全球最頂尖的知識分子與現代語言學之父。

心懷愧疚的他，一如既往在他那間起死回生的廚房裡獨自用過晚餐之後，上床打算睡覺，卻發現自己滿腦子都是這位埃文——不管他是叫愛德華還是愛德瓦——其他什麼事也沒法想。想想，截至目前，這個男人在他面前已出現了兩種相互矛盾的不同面貌。他不禁尋思，之後還會出現多少種呢。

終於快睡著時，他揣想，自己是不是發現了心中暗藏的需求：他想找尋另一名如同父親般的人物。但他斷定，有一個已經很夠了，謝謝你。

3.

這是個大日子，大日子裡的大日子，是史都華．普羅克特和妻子愛倫期待了一整個月的日子：他們的雙胞胎兒女傑克與凱蒂的二十一歲生日，而且蒙上帝垂憐，這天恰好是星期六。上自八十七歲的班恩叔叔，下至三個月大的姪兒提摩西，普羅克特家族三代全聚在史都華和愛倫位於伯克郡山丘上這幢占地廣袤，實用，而且遺世獨立的大宅裡。

普羅克特家族絕對不會形容自己為上流階級。就連「權勢」兩字都會激怒他們。而「富貴」一詞就和「菁英」一樣刺耳。這個家族是自由派，出身南英格蘭，思想先進，勤奮努力，而且是白人。他們有原則，堅定忠誠，和社會各階層都有往來。家族財產交付信託，不容論及。至於教育，他們將最聰明的孩子送到溫徹斯特，次聰明的到馬爾堡，而基於現實需求或原則，也有些送到這裡或那裡的公立學校。投票日到來，沒有人會投票支持保守黨。或者，就算有，也很謹慎地不會說出來。

按目前的統計，普羅克特家族算得出來的就有兩位博學多聞的法官，兩位皇家大律師，三位醫生，一位大報編輯，謝天謝地沒有政客，但有一批為數不少的間諜。史都華有位叔叔在大戰期間曾擔任駐里斯本的簽證官，我們都知道那是什麼意思。而在冷戰初期，家族裡的害群之馬在阿爾巴尼亞組織了一支搞得風雲變色的反叛軍，為此還得過一枚勳章。

至於女眷，以往普羅克特家族的女性幾乎都曾與世隔絕地在布萊切利園或艾叢園[3]工作過。和所有家世相當的家族一樣，普羅克特家族的成員打從一出生就知道，英國統治階級的心靈聖殿是情報組織。這個從未明白說出的體認，讓他們格外團結一致。

面對史都華，除非你是愚鈍的笨蛋，否則絕對不會問他從事哪個行業，或是問他，在倫敦外交部和一連串外派職位服務了二十五年之後，怎麼沒當到大使、某個部會常務次長，或是成為史都華爵士。

但你心知肚明。

於是這個陽光朗朗的春日週六，家族團聚，喝著皮姆酒和義大利汽泡酒，玩白癡遊戲，慶祝雙胞胎的雙重生日。唸生物系三年級的傑克和唸英國文學三年級的凱蒂想辦法從各自求學的大學溜回家，星期五晚上在廚房裡協助媽媽愛倫醃雞翅，準備羊排，幫忙拿木炭和一袋袋冰塊，確保媽媽肘邊隨時有杯琴湯尼，因為愛倫雖然不是酒鬼，卻發誓說，要是沒有一杯烈酒在側，她什麼東西也煮不出來。

只有槌球草坪在史都華的命令下仍保持原貌，不准割草，得等他晚上七點從帕丁頓搭火車從倫敦返家再說。但隨著僅餘的晝光逐漸流逝，傑克斷下決定，自己動手割草，因為就像家人總愛說的，麻煩事隨時可能發生，史都華不得不在倫敦海豚廣場的公寓過夜，隔天早上再趕搭清晨的快車回來。

所以，他是可以趕得上慶生會呢，還是會被麻煩事拖累，不得不繼續留在倫敦，這不免讓人有些緊張，直到——噢，萬歲！——星期六早上九點整，那輛綠色的舊富豪汽車從亨格福德車站噗噗地開上山，沒刮鬍子的史都華咧開嘴，坐在駕駛座上揮手，活像個賽車選手，愛倫上樓為他放洗澡水，凱蒂大喊：「他到了，媽！」疾奔去煎培根與蛋。她媽媽也大聲回答：「看在上主的份上，讓這可憐的男人喘口氣吧。」愛倫一開口就是愛爾蘭古語，碰上危機不斷、糟糕透頂的節慶大日子更是如此。

此時所有事情至少都已適時就緒：搖滾樂透過傑克臨時架設的裝置，從客廳如狂風般呼嘯襲來；斯巴達式的泳池（普羅克特家的泳池沒有溫水）池畔甲板有人翩翩起舞；雙胞胎小時候玩的舊沙坑裡有人玩滾球；六人一隊的兒童槌球開打；傑克和凱蒂的大學死黨快手快腳搞定了烤肉；辛苦忙完的愛倫換上長洋裝與開襟毛衣，遠近馳名的赤褐色頭髮上一頂軟垂的草帽，看起來悠閒而美麗，躺在甲板椅上，宛如孀居的貴婦。史都華時不時溜到房子後側，躲進他位在舊洗滌間裡的小窩，對著他那部綠色的超保密電話講話，但遣詞用句還是非常謹慎，能少說幾個字就少說幾個字；幾分鐘之後又再度現身，仍然是那位大家熟稔的迷人、謙遜、愉快的主人，總是和這位老姑媽，那位新鄰居講幾句話，看見誰的酒杯空了，便馬上再斟滿皮姆酒，再不然就是動作靈巧地移走哪個人一不小心就要撞倒的義大利汽泡酒空瓶。

入夜之後微有寒意，留下的只有親近的家人和幾位重要客人，史都華再次迅速去一趟舊洗滌間，然後坐在客廳的貝希斯坦鋼琴前，來一段生日的傳統表演：萊里亞與史旺[4]的歌曲〈河馬〉。而安可曲則是諾爾．寇威爾[5]苦苦勸告渥辛頓夫人——求求妳，渥辛頓夫人，拜託，渥辛頓夫人——別讓她女兒上

---

3 布萊切利園（Bletchley Park）為二戰期間英國政府進行密碼解讀的所在地。位在倫敦的艾叢園（Wormwood Scrubs）原為男子監獄，二戰期間被情報組織 MI5 徵收成為其據點。

4 萊里亞與史旺（Flanders and Swann），英國歌唱喜劇二人組，活躍於一九五〇至六〇年代，以歌唱形式，演出諷刺時事的滑稽劇，廣受歡迎。

5 諾爾．寇威爾（Noël Coward, 1899-1973），英國演員、劇作家與流行音樂作曲家。

舞台。

年輕人跟著唱，大麻菸的甜香味神祕地飄蕩在空中，史都華和愛倫起初假裝沒注意，後來發現他們倆已經筋疲力盡，於是道聲：「我們老人就寢的時間到了，容我們告退嗎？」就上樓睡覺了。

•

「所以究竟是怎麼回事，史都華，可不可以告訴我？」愛倫對著梳妝鏡問，就她那語速極快的愛爾蘭腔來說，這語氣已經算很溫和了。「打從今早回到家之後，你就像隻熱鍋上的螞蟻。」

「我才沒有。」普羅克特抗議，「我是這場派對的靈魂人物耶。我這輩子從沒像今晚唱得這麼好。我和妳親愛的梅根姑媽好好聊了半個鐘頭，在槌球場痛宰傑克。妳還希望我怎麼樣？」

愛倫刻意從容地慢慢摘下鑽石耳環，先是旋下兩隻耳垂背面的針扣，接著放進襯有絲緞的盒子，再將盒子收進梳妝台左手邊的抽屜。

「看看，你現在又在熱鍋上了。你甚至連衣服都沒換下來。」

「我那部綠色電話在十一點鐘會有電話進來，要是我在那些年輕人面前一身睡袍和拖鞋穿過屋子，就太該死了。那樣看起來會活像是個九十歲的老頭。」

「所以我們這下又炸鍋了？又是那樣的情況？」愛倫逼問。

「很可能什麼事也沒有。妳是知道我的，我拿薪水就是來負責擔心的。」

「是喔，史都華，那希望他們付你的錢夠多。因為從布宜諾斯艾利斯之後，我就沒見你這麼焦慮過，連現在的一半焦慮都不到啊。」

他在布宜諾斯艾利斯擔任情報站副主任那時，正值福克蘭戰爭風雨欲來，當時愛倫是他的祕密副手。愛倫畢業於都柏林三一學院，也曾是情報局的一員。對普羅克特和局裡大半的人來說，他們能夠擁有的伴侶就只有這一種。

「我們沒有要打仗，如果這是妳想聽到的答案。」他換上開玩笑的語氣，要是這也能拿來開玩笑的話。

愛倫側過頭，一邊臉頰對著鏡子，輕輕拍上清潔霜。

「是又交到你手上的另一個內部安全案？」

「是的。」

「你是不打算告訴我呢，還是又是那種案子？」

「就是那種案子，抱歉。」

她轉過另一邊的臉頰對著鏡子。

「你在找的是個女人，對吧？你臉上有那種事涉女人的表情，任誰都看得出來。」

儘管已經結婚二十五年，但愛倫這個宛如通靈的本領，還是令普羅克特嘖嘖稱奇。

「既然妳問了，沒錯，是個女人。」

「是局裡的人？」

「跳過。」

「她以前是局裡的人？」

「跳過。」

「是我們認識的人？」

「跳過。」

「你和她上過床？」

結婚這麼多年來，她從未問過他這樣的問題。為何今晚問了？為何在她即將由那位英俊到不像話的瑞汀大學考古學老師陪同，展開計畫已久的土耳其之旅的一個星期前問？

「就我印象所及，並沒有。」他輕鬆回答。「就我所知，本案裡的這位女士只和足球主力球員上床。」

這答案太粗鄙，也太接近事實。他不該這麼說的。愛倫摘下髮夾，讓那頭無與倫比的豐盈秀髮如瀑布般垂散在光裸的雙肩上，有史以來的美女都是這麼做的吧。

「好吧，你自己多小心，史都華。」她對著鏡中的自己出言警告，「你明天又要搭早班車？」

「看來不得不啊。」

「也許我會告訴孩子們，說你要去內閣辦公室開會。這會讓他們興奮得吱吱叫。」

「但我不是要去內閣辦公室，行行好吧，愛倫。」普羅克特徒勞地抗議。

愛倫仔細看一隻眼睛下方的斑點，用化妝棉拍了拍。

「那你不會整晚都躲在舊洗滌間裡吧，史都華？因為若是這樣，那就嚴重浪費了一個女人的人生。還有男人的。」

在每一條走廊響起的歡騰聲中，普羅克特穿過屋子到了舊洗滌間。綠色電話安坐在紅色底座上，活像個郵筒。這部電話五年前剛裝設好時，愛倫一時異想天開，將茶壺保溫罩套在上面保溫。那保溫罩自此而後就一直罩在上面。

4.

朱利安接連兩次遇到愛德華．埃文之後的那個星期，事情多到足以讓他沒再想起埃文。隔壁鄰居打算偷偷提出申請，奪走書店儲藏室的唯一光源。有天晚上從本地圖書館開會回來之後，他沒碰見貝拉，只看見已上鎖的店，和一張擺在收銀機旁的花卉圖案謝卡，說她對某個丹麥漁夫深愛不渝。

而朱利安如今已深信將是文學共和國基地的那間寶貴地下室，卻被診斷出有濕氣重的問題。然而，儘管災禍連連，他始終未曾停止思索他已故父親的這位老同學的諸般面貌。他不時幻想愛德華身穿風衣的身影劃過書店櫥窗，戴著洪堡帽的頭連轉也沒轉一下。這個可憐人怎麼不進來逛逛呢？沒義務非買任何東西不可啊，愛德華，或者不管你是叫愛德瓦還是什麼名字都行。

越是思索愛德華的偉大計畫，這計畫就越是在他心裡抽芽滋長。但這名字聽起來對勁嗎？也許有點太自命不凡？說不定叫「讀者共和國」比較有大眾吸引力。也許叫「讀者共和」或「讀者新共和國」，再不然就叫「隆德斯利讀者共和國」？或者乾脆簡潔一點，就叫「文學共和」？

朱利安沒告訴任何人——因為沒有愛德華可以當他告知的對象——他悄悄安排了一趟行程，造訪伊普斯威奇的印刷行，讓他們試做幾款全版廣告稿，以備刊登在本地報紙上。愛德華取的第一個名字還是最好的。

儘管他有這些想法，也展開了行動，但每逢心情低落，他還是會怪罪愛德華為何要冒然推斷他父親和他自己的種種：

我逃離倫敦金融區？一派胡言。打從第一天，我就是個徹底清醒的掠食者，從沒抱持任何信念。我來，我偷，我征服，我全身而退。故事結束。

至於我那位令人哀嘆的父親：也許——就只是可能而已——H. K.算得上是某種宗教叛徒。在脊過教區裡一半的虔誠淑女之後，也許你和上帝決定就到此為止。

而愛德華．埃文聲稱他在老朋友H. K.陷入痛苦時，善意允諾提供的友誼、金錢和其他的一切呢？朱利安能說的就只是：待下回見面時，證明給我看吧。

因為不管你對H. K.隆德利斯牧師（這名傷退球員）有任何看法，若論及囤積無用垃圾，他可是一等一的無人能及。沒有任何東西微小到不值得為他未來那位並不存在的傳記作家而收藏：任何一頁佈道筆記，任何一張未付的帳單，或是任何一封信——被拋棄的情婦、忿怒的丈夫、小商家或主教寫來的信——都無法從他那極端自我的網裡逃脫。

在這堆積如山的廢物裡，沒錯，偶有一封極其罕見的信，來自他設法維繫友誼的朋友。其中一兩位確實提過要給予某些協助。但名叫愛德華或愛德瓦，泰德或泰迪的老同學，則連一個都沒看過。

就因為愛德華的說法和事實無法兜攏，再加上急於要在解決濕氣問題之後儘快讓文學共和國開張營運而產生的極度不耐，朱利安因此暫時拋開所有的顧忌，拜訪了大街商舖那位和他一樣辛勤工作的人：

「西黎雅往日情懷」的西黎雅．梅瑞德小姐，藉詞商討重啟這個小鎮已停止運作的文藝季。

．

她在門階上等他，叉開雙腿站在那裡，看來應該已有六十歲。在幾乎難以想像會出現的陽光裡抽著小雪茄。她選擇的服裝是一襲鸚鵡綠配橘紅的和服式晨袍，豐滿的胸前戴著串串顏色鮮亮的珠鍊，染成紅褐色的頭髮挽成髮髻，插上日式髮梳固定。

「我沒有錢噢，年輕的朱利安先生。」他走向她時，她愉快地警告他。他向她保證，他尋求的就只是她的道德支持，她回說：「那你找錯地方囉，親愛的。道德可不值錢哪。到我客廳喝杯琴酒吧。」

玻璃大門上有一行手寫字：「貓咪免費絕育」。她的客廳靠房子後側，氣味不太好聞，滿是破舊傢俱、布滿塵埃的時鐘，以及貓頭鷹填充玩偶。她從老舊的冰箱裡拿出握柄還掛著價格標籤的銀茶壺，將琴酒調製的飲品倒進兩個維多利亞式的大酒杯裡。她目前痛恨的對象是那家新開的超市。

「他們會幹掉你，也會幹掉我。」她那濃厚的蘭開夏腔咆哮說，「那些渾蛋一心想幹的，就是將我們這些最誠實正直的生意人趕盡殺絕。他們一看到你書店生意掙的錢差不多夠支撐你一半的生活，就會開設大得像間工廠的圖書部，把你搞到變成二手書店才罷休。好啦，我們來談談你的文藝季吧。我聽說過理論上應該飛不起來的大熊蜂其實會飛，但我倒是沒聽過死掉的蜜蜂會飛。」

朱利安開始推銷他的想法，這已經是他熟極而流暢的表演了。他考慮召集一個非正式的工作團隊來徵集意見，他說。或許西黎雅會同意參加？

「我會想要我的柏納德和我手拉手，一起參加。」她警告說。

柏納德是她的配偶：園藝商、共濟會員、兼職的房地產仲介，同時也是鎮議會計畫委員會主席。朱利安要她放心，有柏納德出席肯定大大加分。

西黎雅隨意閒聊，趁機掂量他，而他也任由她品頭論足。你覺得那個想選市長的蔬果商瓊斯怎麼樣？除了他老婆之外，所有人都知道他讓他那個漂亮的情婦懷孕了。還有，他們那些蓋在教堂後面、大眾可負擔的平價住宅，等到加上房地產仲介和律師拿走的利潤，大家還買得起嗎？

「所以我們這位是公學出身的男孩，對吧，親愛的？」西黎雅銳利的小眼睛讚賞地打量他，「我想，讀的是伊頓，和政府大官一樣。」

不是的，西黎雅，我唸的是公立學校。

「噢，你的談吐可真高雅，我不得不說。和我家柏納德一樣。我想你也有個不錯的女朋友吧，對不對？」——繼續毫不害臊地打量他。

目前沒有，西黎雅，沒有。暫時休息一下，可以這樣說。

「可是我們不都最喜歡女生嗎，對不對啊，親愛的？」

他當然是最喜歡女生，他附和——但他也非常謹慎小心，在她給他的杯裡添琴酒的時候，別表現得太過熱情洋溢。

「只是我也對你略知一二，你是知道的，年輕的隆德斯利先生。我知道的要比我透露的多，如果老實說的話，而我向來喜歡實話實說。聽說，你以前是個厲害得像魔鬼的操盤手。就我所知，你是你們那個領域的佼佼者。而且朋友比敵人多，聽說這在倫敦金融區那個割喉戰場是很不尋常的。你們那裡的習俗是怎樣，親愛的，還是我不該講死人的壞話？」她滔滔不絕，輕佻地掀起長裙，翹腳，啜一口琴酒。

朱利安的機會來了，他迂迴繞進，混淆嗅跡，而後才彷彿湊巧想起有趣話題似地，說這個古怪的顧客在快打烊時闖進他店裡，已經兩三杯酒下肚，從上到下看遍了整間店，抓住朱利安聊了半個鐘頭，然後一本書也沒買，轉身離去——他不需要再繼續往下講：

「那就是我的泰迪啊，親愛的！」西黎雅故作憤慨地喊道，「他那天高興得不得了！直接到這裡來用電腦查資料，他可真行。噢，可是他一知道你父親已經過世——惹出這麼多問題之後——噢，天哪，噢，天哪，」她搖搖頭，那神態讓朱利安覺得她指的是他已故的父親，再加上愛德華重病的妻子。

「我那好可憐、好可憐的泰迪，」她繼續說，那雙珠子般晶亮的眼睛又開始打量他，但嘴裡的話一刻也沒停頓，「你以前還是倫敦金融區大亨的時候，沒和他有過往來，親愛的？」她刻意裝出天真神態問。「比方說，直接或間接的往來？所謂的正常交易關係，我相信他們在那裡是這麼說的？」

「往來？在金融區？和愛德華．埃文？我幾個晚上之前才第一次見到他，後來又在吃早餐的時候偶遇，」接著彷彿突然冒出不快念頭似地，「為什麼這樣問？妳該不會是要警告我離他遠一點吧，是這樣嗎？」

西黎雅不理會他的提問，繼續以那雙精明的眼睛仔細打量他。

「他是我非常要好的朋友，你知道，親愛的，這位愛德華．埃文先生。」她語帶暗諷，「是非常特別的朋友。」

「我無意刺探，西黎雅。」朱利亞連忙說，但她依舊不理他。

「特別的程度遠超過你能想像。除了我的柏納德之外，沒有幾個人知道。」她若有所思地啜一口琴酒，但還是盯著他看。「不過，我不介意讓你知道，你很明白，你在金融區有那麼多重要的人脈，只要我可以信任你不會到處八卦就行。將來我甚至可能讓你參與一些事情。雖然就我所知，你擁有的已經夠多了。我說得夠清楚了嗎？」

「信任我？」

「問問題的人是我。」

「這個嘛，這應該留給妳來判斷，西黎雅。」朱利安貌似真誠地說，但心裡有十足的把握，話既講到這份上，已經沒有什麼能阻擋得了她了。

•

這故事說來話長，她對他說：那已經是十年前的事了，她的泰迪在一個晴朗的早晨，首次踏著自信的步伐穿過這道門，手上提著塞滿衛生紙的提袋，從中掏出一只中國瓷碗，擺在櫃台上，想知道她覺得這值不值錢：

「這是要買還是要賣啊，我說，因為我又不認識他，對吧？他就這樣走進來，說他是泰迪，活像是我最要好的朋友，可是我明明這輩子頭一次見到他。所以我說，你是要我幫你免費估價嗎？這可不是我討生活的方式喔。不管我說它值多少錢，它都只值那個價錢的百分之零點五。行行好嘛，西黎雅，他說，別這樣啦。只要給我個大概數字就行。我告訴他，如果是要我買，就十鎊，這價錢已經夠慷慨了。加到一萬，這東西就是妳的了，他說。然後他給我看蘇富比的估價。八千。這個嘛，我又不知道他是什麼人，對吧？他很可能是個搞笑的小丑，加上長得又有點像外國人。更何況我對什麼明代青花瓷一無所知，隨便哪個人從窗外往我們這裡面瞧瞧都猜得到。你究竟是誰呀？我說。我姓埃文，他說，名叫愛德華。噢，我說，該不會是住在銀景莊園那個娶了黛博拉．嘉頓的埃文吧？就是那個埃文，他說，但請叫我泰迪。他就是那副德性。」

朱利安得搞清楚自己的情況：

「銀景莊園，西黎雅？」

位在小鎮另一頭，一棟黑黑的大房子，親愛的。從水塔往下走，就在半山坡上，有很漂亮的庭院，或者應該說以前很漂亮啦。上校還在的時候，那裡叫楓林莊，後來黛博拉繼承了，就改名叫銀景。別問西黎雅為什麼。

這位上校是誰？朱利安問，努力想像愛德華置身在這個極不可思議的場景。

黛博拉的父親啊，親愛的。捐款給鎮上的大善人，也是藝術收藏家，鎮立圖書館的創辦人與贊助人，你所有的生活他都照顧到了。柏納德先生和他訂有合約，負責維護他的庭院。現在黛博拉偶爾還是會叫柏納德過去。

上校將他收藏的那些漂亮青花瓷全都留給了她，西黎雅咧嘴嘆息。是真的很壯觀的收藏，她堅持說，「壯觀」，和「中看」押韻。

「所以，那天泰迪走進來，想偷偷把祖傳的明代瓷器賣給妳。」朱利安說，卻只見西黎雅驚駭地張開嘴巴，然後又闔上。

「泰迪？騙走自己老婆繼承的遺產？他絕對不會的，親愛的！他這個人百分之百正直，我的泰迪，千萬別聽信別人說他的不是。」

朱利安小小挨了一頓訓之後，乖乖等著西黎雅糾正他的想法。

不，泰迪退休後想做的，是利用他多年來在海外那些你我一輩子都見不到的地方教書賺來的錢——黛博拉則在其他地方，做她那些半官方組織還是什麼的工作——將上校原有的壯觀收藏提升到絕對頂級的程度，一部分是靠收購，一部分則靠加價換購更好的藏品。

「另外呢，他想要他的西黎雅當他的中間人，代理且代表他搜尋、購買藏品，並且保持高度的私密與機密，永遠不對外揭露他的身分。為了感謝她的協助，他每年會支付她最低保障酬勞兩萬鎊的現金，同時再依據事先商議好的成數，從每年的交易額裡提撥酬金，以現金或類似的方式支付，沒必要去打擾國稅局，她覺得如何呢？嗯，你認為呢？」

「他第一次到妳店裡，才待了這麼一會兒，就談了這整件事？」朱利安驚呼，也暗暗想起愛德華成為文學共和國未來的共同創辦人與顧問，速度也是同樣快得詭異，僅僅吃一份乳酪蛋卷的時間就搞定。

「是三次啊，親愛的，」她糾正，「他那天下午又來了一次，然後隔天早上再來，他將兩千鎊現金裝在信封裡，等我一說好就能立刻派上用場，而且他每做成一筆交易，就會分我一部分，但金額由他決定——我不能反對，反正全都由他在幕後操作。」

妳怎麼說？

「我說我得問問我的柏納德。然後我說——要是我對他更瞭解，就該早一點說——老天爺啊，為什麼挑上我？因為誰會在小藝品店賣頂級的中國青花瓷啊，對不對？我說。或者是買，我說。況且，現在都是用電腦啊、e-Bay什麼的，我連電腦都沒有，更別說知道怎麼操作了。我們是盧德主義者[6]，我和柏納德，我們很自豪，我說。鎮上每個人都知道我們是盧德主義者。但他完全不覺得困擾。他在來之前就知道了，他說，他早就在腦袋裡想出解決辦法了。西黎雅，親愛的，他對我說，妳什麼事也不必做，妳自己就好，我會把一切弄得妥妥當當。我會給你買部電腦，裝好，搞定。我會鎖定該買的東西，該賣的東西。我會研究拍賣價格。我有求於妳的，他說，是由妳出面去談，妳是接受我指揮、而且不可或缺的前台，因為我喜歡像現在這樣躲在暗處的生活，而且這也是我的退休生活必須謹慎遵守的準則。」

西黎雅噘起嘴，啜一口琴酒，吸了口菸，吐出煙來。

「所以全部靠你們做，就你們兩個？」朱利安有點茫然，「做了十年，還是妳說的多少年。泰迪負責交易，而妳拿妳的訂金和佣金。」

6 盧德主義者（Luddite），興起於十九世紀英國的反工業革命社會運動者，迄今泛指反對新科技的人。

朱利安更加困惑不解，因為西黎雅的情緒突然戲劇化地轉趨惡劣。

這十年來，打從第一天開始，一切都進行得甜美如糖。電腦如期送達，安穩住進自己的小窩——就在那邊，親愛的，就在那張圓弧形的掀蓋書桌上，離你現在坐的地方不到六呎。愛德華想來的時候就來，但不會每天來，有時甚至整個星期都不見人影。他會帶一大堆目錄和交易資料什麼的過來，坐在那邊的椅子上，在電腦前敲敲打打，然後他們一起喝杯琴酒，西黎雅就替他接電話，當他的門面。

不管情況如何，每個月她都會收到一只信封，她甚至不必打開來數算，他們對彼此就是這麼信任。如果愛德華出門辦事不在，因為他總是偶爾有事要辦，那麼信封就會以掛號寄到，同時八成會附上一封情書，說他有多想念她美麗的眼眸或諸如此類的蠢話，因為泰迪這人哪，很明白該如何使出渾身解數來達到目的，他年輕時肯定是個小討厭鬼。

「出門辦什麼事，西黎雅？」

「國際大事啊，親愛的。教育之類的工作。愛德華是個知識分子啊。」她很高傲地回答。

她又嘆了一口氣，故作淑女模樣地拉拉脖子上的項鍊，免得給了朱利安錯誤的看法。她已經快講到這十年天堂歲月的終點了。

那是星期天晚上，一個星期以前。十一點鐘，電話鈴響。西黎雅和柏納德馬上站起來，瞪著電話看。西黎雅拿起聽筒。黛博拉．埃文閣下的嗓音半帶蘭開夏腔，半帶女王陛下威儀。

「妳該不會剛好就是西黎雅．梅瑞德吧？我是，黛博拉，我說，我是西黎雅。那好，我想通知妳，愛德華和我決定馬上處置我們所有的青花瓷器。處置，黛博拉？妳該不會是指你們那些壯觀的藏品吧？沒錯，西黎雅，我的意思就是那一整批藏品。我們希望把這些東西全部清出房子，最晚明天就全部清理掉。好吧，黛博拉，我說。所以我們應該把東西放在哪裡？因為總不可能把這一大批藏品隨便丟在哪一堵舊牆旁邊過夜，對吧？這個嘛，西黎雅，既然這些年妳從愛德華身上賺了一筆不小的財富，而愛德華也向我保證，妳有足夠的空間，所以就堆在妳家後院如何？

「妳幹嘛不堆在妳家後院，我心裡想——但我當然沒說出口，是吧，為了可憐的泰迪。隔天下午，在皇室約定的四點鐘，我們到了楓林莊，好吧，是銀景莊園。柏納德帶著他的茶葉箱和木屑，我帶著我的氣泡包裝紙和衛生紙。泰迪在門口等著，臉色白得像張紙，而女爵閣下在她樓上的閨房，古典音樂放得好大聲。」

西黎雅突然住口，但沒停太久：

「好吧，我知道她生病了。我很遺憾。我不是說他們的婚姻是有史以來最了不得的婚姻，因為本來就不是，但我還是不希望她成為我最可惡的敵人。那整棟房子都瀰漫著敵意。你甚至不知道自己聞到的是什麼味道，但你就是心知肚明。」

朱利安表示明白她的感受，而西黎雅安慰自己的方式是再啜一小口琴酒。

「所以我悄悄對泰迪說，這是怎麼回事，泰迪？什麼事都沒有，西黎雅，他說。有鑑於博黛拉不幸的病情，我和她決定放棄所有收藏，就是這麼回事。好吧。我和柏納德把東西全送回到店裡，都已經過了午夜，而我心裡一直在想，這鄉下有那麼多羅馬尼亞人和保加利亞人四處遊蕩，沒有保險可怎麼辦？柏納德給自己鋪了毯子睡在地上，而我則睡在那張維多利亞長沙發上。中午，泰迪打了電話過來。通常情況下，他是不愛打電話的。我們的古董商會直接安排運送事宜，西黎雅。黛博拉會在適當時機舉行一場私人拍賣會，這是她擁有的權利。所以麻煩告訴我，我欠妳多少搬運和保險費用。泰迪，我說，我不是要找你談錢，因為我根本不在乎錢。告訴我，這究竟是怎麼回事。西黎雅，他說，我已經告訴妳了。我們要放棄所有的收藏，我沒其他話要說了。」

她說完了嗎？看來好像是，現在她等著他開口。

「那柏納德怎麼想？」他問。

「應該是她看病需要錢吧。我說他亂講，她有她爸爸留下的錢，也有自費健康保險，天曉得她那個半官方機構還提供了什麼給她。更何況，她那一大批壯觀的收藏品足以買下半條倫敦黃金地段的哈里街，還綽綽有餘呢。」西黎雅不屑地說，摁熄僅餘的香菸。「所以你怎麼說，我聰明的朱利安先生？因為如果你就如我聽說的，是這麼聰明能幹的年輕人，而且我們泰迪又是你已故父親的老同學，他因為老婆可憐的病而不願意對以前的好朋友西黎雅坦白相告——我這個人還算通情達理，知道這個時候不該去煩他——也許你能提供些許資訊，」——這時的她已相當生氣，臉突然脹得通紅，嗓音也拔高了——「不管是泰迪自己透露的，或是你在金融區某個經手處理大批獨一無二頂級中國青花瓷的朋友說的。說不定是我們在報紙雜誌上看過的某個中國富豪整批吃下。或者，是你們金融區的某個財團。我的意思是，」——又拔高嗓音——「我沒得到這筆交易的半點消息，所以如果你可以伸長耳朵仔細聽聽，我會感激不盡，年輕的朱利安先生，我會以專業的方式表達我的感激之意，要是你聽懂我的意思。青花西黎雅，業內的人以前都是這麼叫我的。他們不會再這樣叫我了，對吧？再也不會了。渾蛋！是西蒙來找我買金子了。」

瑞士牛鈴叮叮咚咚的聲音宣告西蒙來了。西黎雅以靈活到不可思議的動作一躍而起，拉拉和式晨袍臀部的皺摺，在染成紅褐色的頭髮上將日本髮梳重新插好。

「從後面出去，好嗎，親愛的？我覺得把不同的事情搞在一起不太妙。」她說，往店鋪前面走去。

5.

他的一雙兒女很樂於——也或許一點都不樂於——沉醉在愛倫為他形塑的虛假形象：他們的父親此刻待在白廳某個與世隔絕的地牢裡，正和本國情報世界的領導人物密商大計。但這位父親本人，此時卻是坐在慢速行駛的週日火車經濟艙裡。列車一路匡噹呻吟，開向東英吉利地理位置更加偏遠的某座車站月台。如果隨意一瞥，他看起來就像是個舊時代、而不是現代的人物，而這八成是他故意要形塑的印象：一身商務西裝，不是他最新的一套，黑色皮鞋，藍色襯衫，沒什麼特別品味的領帶。是某個小鎮的重要人物，你或許會這麼想；也許是地方議會官員，慶幸在週日還能領一筆加班費。

和車廂裡的其他人一樣，他也在看手機上的簡訊。全是沒有密碼的普通文字：

嗨，爸！媽不在時我可以借走福斯嗎？傑克。

媽：別在敘利亞邊界旁挖洞！！！告訴她爹！！！愛你，凱蒂

他的助理安東妮雅昨晚十一點半傳來：全球研究證實，無任何歷史段落單獨登載在案。A.

他的副局長：天哪，史都華，千萬別驚動馬群。B.

一輛引擎蓋漆有白色標誌的英國皇家空軍卡車停在火車站大廳另一頭。坐在駕駛座的下士一臉無聊，看著普羅克特走近。

「名字？」

「皮爾森。」

下士查看他的名單。

「去見？」

「塔德。」

下士駕駛伸出一條手臂到窗外。普羅克特遞給他裝在塑膠套裡的破舊卡片。下士駕駛搖搖頭，從塑膠套裡取出卡片，插進儀表板上的一條溝槽，等了等，交還給他。

「知道幾點會回來嗎？」

「不知道。」

普羅克特坐在駕駛旁邊，凝望車外飛掠而過的平坦田野。薩福克狗節就快到了，路邊連串的海報提醒他，但他看不清楚日期。半個鐘頭後，出現一個油印的箭頭，指向一條水泥路。水泥路面坑坑巴巴，中線還冒出野草。他們前方一道裝模作樣的拱門高聳，彷彿這裡曾是一度輝煌的好萊塢片廠入口。支架上有一架粉刷過太多次的噴火戰鬥機，在那上面永恆飛行。普羅克特下車。身穿迷彩戰鬥服的哨兵抱著自動步槍，宛如懷裡抱著襁褓的嬰兒。他們頭頂上，英國、美國和北約的旗幟在正午的太陽裡無力軟垂著。

「知道你幾點會回來嗎？」

「你問過了。不知道。」

堆有沙包的檢查哨裡，不知為何掛有彩紙飾條。一名手拿夾紙板的女飛行中士比對名單，查看他的身分證件。

「你是單次訪客，民間承包商，只能進英國區域，第三類。」她對他說，「資料符合吧，皮爾森先生？」

符合。

「你必須瞭解，皮爾森先生，你待在基地期間，必須隨時有獲得授權的基地人員陪同。」她警告他，以她受訓時被教導的那種眼神深深看著他。

普羅克特坐在車速慢如送葬車隊的吉普車後座，穿過一片剛割整過，亮閃如汪洋的草坪，前座是那位飛行中士和另一位駕駛下士。普羅克特思緒紛飛，什麼都想，就是不去想他眼前這微妙的任務。他想起念預校時的板球賽，看台上的甜茶和小麵包。他想起愛倫繫著圍裙在廚房走來走去，等著看誰想吃早餐。再過不到一個星期，她就要去進行她那偉大的考古學任務了。她究竟是從何時開始這麼熱情擁抱古拜占庭？答案是：從她打開衣櫥，在和他們臥房隔著走道相望的客房裡鋪排衣服，為此行做準備的那一天開始。他想起他的兒了傑克，希望這孩子多關注政治，少想著以後要去金融區。他想起凱蒂，他的女兒，還有她的那個橄欖球選手。她可曾告訴他墮胎的事情？她何必說呢，因為又不是他造成的？緊接著出現的，是可憐的莉莉那控訴的身影，推著嬰兒車在滂沱大雨裡慢慢走下門階。

吉普車震耳欲聾的引擎聲猛然將他拖回現實。緊接著響起連串不斷的狩獵號角聲，以及一名德州女人透過擴音器輕聲叫喚名字的聲音。上等兵安利柯．岡薩雷斯贏得摸彩。鏗頭掌聲。吉普車繞著軍事迪士尼樂園的外圍走，樂園裡滿是漆得晶亮的飛機棚和黑色的轟炸機。接著車子開下綠草繁密的小丘，朝幾幢圍成一小圈，掛有藍色旗幟做標示的綠色臨時營房開去。旗子上有顯示國籍的圓形標章，營房周圍有鐵絲網環繞。帶有夾紙板的飛行中士領著他快步穿過一排排長得像士兵規矩列隊的鬱金香，走到一棟有門廊的小屋。屋裡的紅木地板擦得晶亮，他一腳踩上去，就看見自己的鞋印。薄薄的門上有個像紀念牌的牌子，寫著：「英國聯絡處處長，請先敲門」。一個身材勻稱，年紀和普羅克特約略相當，或者稍微年長一些的男子坐在辦公桌後，正在看一份檔案。

「塔德先生，這位是來見您的皮爾森先生。」飛行中士說，但塔德必須先簽名，才能讓這位客人見他。

「你好啊，皮爾森先生，」他從辦公桌後站了起來，有點敷衍地對普羅克特伸出手。「我們以前沒見過，對吧？謝謝你願意在星期天過來。我想我們應該沒毀了你的週末才是。謝謝妳，飛行中士。」門關上，飛行中士的腳步聲在走廊上漸漸遠去。塔德站在窗邊，一直等到看見她穩步穿過那一排排鬱金香。

「你可以不可告訴我，你究竟以為自己到這裡來幹嘛，史都華？」他說，「像個偷渡客一樣偷偷溜進我的基地？我住在這裡啊，老天爺。」

普羅特克沒回答，只理解地點點頭。於是塔德又說：

「要是現在電話響起，跑道另一邊的那個朋友漢克說，『嗨，塔德，普羅克特在你那邊。何不帶他過來，一起去食堂喝一杯？』那我該怎麼跟他解釋？我該怎麼說，你告訴我？」

「我和你一樣覺得很不好受，塔德。但我相信總部希望他們星期天都去打高爾夫球了。」

「就算他們都去打高爾夫球好了！還是有中情局和天曉得哪裡來的傢伙，整天在這裡走來走去。好吧，不是整天，但也夠久的了。老天爺啊，你可是那位普羅克特博士，內部安全頭頭，首席獵巫官，他們都認識你。要是有人記錄下你來過這裡的事，那可怎麼辦？那就會鬧得不可開交，沒完沒了，然後呢，全部要靠我收拾善後。坐吧，喝杯該死的咖啡，願老天保佑。」

他對著桌上的麥克風說：「班，麻煩馬上來兩杯咖啡。」之後，他拉開椅子，指尖壓在額頭上，顯得非常苦惱。

要是情報局別再拿同情當作派駐地點的考量（普羅克特很懷疑他們會改變），那麼值得同情的人就會少得多。如果是以忠誠度作為報酬標準，那麼，這位派駐在局裡不得不給的最惡劣地點，卻仍表現出堅貞不移的忠誠度，拿下兩個英勇獎章，而且在這過程裡擺脫了兩個老婆，英俊得要命的塔德，就普羅克特的觀點來看，應該得到更多的報償才對。

「家裡都還好吧，塔德？希望是。」他以親切的口氣說，「每個人都健康快樂之類的？」

「噢，都很好，謝謝你，史都華，非常之好。」塔德馬上打起精神，「總部多給了我一年，然後就要送我離開了，也許你已經聽說。我在起居室弄了個陽光屋，應該可以提高一點價值吧，我大概會選擇賣掉。還在考慮，現在情況還有點不太明朗。」

「你和珍妮絲情況怎樣？」

「還保持聯絡，謝謝你，史都華。我們還是好朋友，沒錯。你大概知道，我現在還是很愛她。她考慮要回來，但還不確定是不是真的想這麼做。不過我們或許會試一試。愛倫也好嗎？」

「很好，謝謝。她正要去伊斯坦堡。當然了，她也要我問候你好。孩子們呢？」

「現在都大了，可不是嗎？我還留著他們的房間。多米尼克嘛，有點迷失方向。四處輪調的生活對他沒好處。局裡有些孩子很喜歡，有些則不喜歡。他告訴我他沒吸毒，但讓他戒癮的那個地方可不是這麼說。他最新的嗜好是烹飪。他一直想當廚師。這對我來說真是個新聞，但也不能怎麼辦。也許正適合他吧，只要他能堅持到底就行了。」

「你那位漂亮迷人的女兒呢？你帶去參加聖誕晚會的那個？」

「麗茲完全不需我擔心，感謝上帝。她那個搞畫畫的小子好像在現代藝術圈裡頗受矚目，如果你喜歡那類東西的話。我個人是喜歡啦，但要在商業上有所成就，那又是另一回事了。幾個前妻拿走她們應得的錢之後，我從我剩下的錢裡偷偷塞了一點給她，只希望在我徹底破產之前，他能功成名就。」塔德說，對這個可能性露出哀嘆的微笑。

「希望是啊。」普羅克特由衷同意，這時咖啡也終於送到。

塔德猛踩油門，開著破舊的切諾基吉普車穿過兩哩長、空無飛機的跑道，普羅克特知道車速高達時速八十哩，要是車速表沒壞的話。有那麼幾秒鐘，塔德看起來就像以前的他，那個駕車馳騁沙漠的非正規情報員。

「所以你之所以到這裡來，純粹只是因為這個技術錯誤。」他在車子的轟隆聲中拔高嗓音說。「我的理解沒錯吧？」

「沒錯。」普羅克特也高聲吼回去。

「不是人為疏失。只是技術問題，對吧？就像這個小姑娘。」

「完全正確。」

「在總部看來，這只是個短暫的異常。他們星期五下午四點是這麼說的。」

「沒錯，是短暫的異常，沒有誰可怪罪。只是暫時出現的技術問題。」普羅克特證實。

「然後到昨晚九點鐘，就變成了小失誤。哪個情況比較糟，是暫時異常，還是小失誤？」

「我不知道。這些詞彙是他們用的，不是我。」

「到了今天早上，就成了五星級的大破口。你們究竟是怎麼回事，僅僅十個鐘頭，就把一個暫時異常搞成了大破口，還說這只是技術上的失誤？就任何正常標準來看，破口都是人為造成的，對吧？」

藉由手煞車之助，他們的車幸運地停了下來。塔德仰頭望著天空，等待引擎聲靜止。在這緊張的沉默中，兩個人動也不動並肩坐在座椅上。

「我的意思是，這他媽的是怎麼回事，請原諒我說粗話，史都華，破口怎麼可能是技術問題？」塔德再次抗議，「我是說，破壞肯定是人為的。這又不是什麼他媽的光纖或隧道的問題。肯定是人啊，不是嗎？」

「塔德，我接收到的命令是，將檢查管線列為緊急任務，只要有任何可能造成運作不良的情況，立即回報。句點。」

「老天爺，你連他媽的技術人員都不是，史都華。」他倆下了車，站在停機坪時，塔德還在抱怨。

架高的會議室是一節沒有窗戶的火車車廂，長四十呎。車廂一端是一整面電視螢幕。假窗裝飾著蜜蠟人造花，漆上藍色的天空。幾乎與整個會議室齊長的三夾板會議桌中央擺著一部部電腦，兩旁則是一把把教室用椅。

「這裡就是你的聯合團隊以前努力工作的地方吧，塔德。」普羅克特說。

「謝謝你，只要有必要，我們現在也還是在這裡工作，但我得承認，這樣的情況不太多。要是拉起警報，那我們就從太陽升起到太陽落到猛禽保護區那邊為止，一直待在這裡，領雙倍工資。」

「猛禽保護區？」

「就是我們那個埋在地下三百呎，裝置精密核武的鬼坑啊。我聽說以前那個門上有個警告：「門後情景難以想像」，後來有人把那些字給刮掉了。那個警告其實不太好笑，但可以嚇阻你，就算想笑也千萬別笑。想參觀一下嗎？」

「有何不可？」

塔德的導覽是為來訪的達官顯要所準備的歷史簡介，只不過來訪的重要人士越來越少。普羅克特猜想，再過不到幾年，就會有個國民信託[7]或英格蘭文化資產組織[8]消息靈通的老太太聽到同一套演說的精簡版，是專為啟迪觀光客而大幅刪減的簡化版本。

塔德說，這個機構的成立可上溯自冷戰，對普羅克特來說，或許這毫不意外。這個機構的設計只有一個目的，就是儲存核武、運送核武，必要時，引爆核武，而一切程序都要依循指揮與控制規定：

「因此，在這個地下世界有儲存艙，還有像迷宮般該死的一條條隧道。隧道連接本區域的所有基地，從戰鬥機指令到轟炸機指令、戰術指令、戰略指令，最後，一切就看上帝了。全部是超級機密，連你我都不得而知。我們這裡愛講的笑話是，美國佬要把東英吉利中心全炸光，讓我們只剩下外圍的一圈餅皮。最初，隧道是一條條鋪有電纜的管道。電纜落伍之後，光纖便取而代之，這也就是我們現在所用的設備。直到死亡讓我們分離，甚至到我們死後很久，這些都還會存在，對吧？」

「對。」普羅克特附和。

「和所謂的光纖隧道連接的，就是我們絕對封閉的閉路系統。完全封閉，永遠只對我們自己開放，和外面的廣大世界沒有任何連結。沒有人會用這套網路趁大折扣時買大型家電，或回覆西班牙囚犯的苦苦陳情，也沒有人會笨到在上面看色情圖片。沒有玩電腦的青春期小毛頭，或四處打探的荷蘭無政府主

7 國民信託（National Trust），全名為「國家名勝古蹟信託」（National Trust for Places of Historic Interest or Natural Beauty），創立於一八九五年，是英國最多會員的組織，也全球最大的保育組織和慈善團體之一。

8 英格蘭文化資產組織（English Heritage），正式名稱為「英格蘭文化資產信託」（English Heritage Trust），一九八四年成立，百分之八十經費來自英國國家文化資產部。

義者會駭進來。根本上不可能。所以該死的總部究竟是從哪裡搞出這個破口，如果不是人為疏失……」

塔德坐在教室椅上，往後癱在椅背上，一臉諷刺地盯著天花板，等待回答。但普羅克特沒能給他任何答案，只能露出同情的微笑。他也很想知道，這啞謎還要打多久。

•

「那麼，告訴我一點你們團隊實際運作的情況，」普羅克特鄭重其事地說，「有狀況時還是運作得很好吧，肯定是。」

他們以危及性命安全的超高車速回到塔德辦公室，吃著總匯三明治配建怡可樂。

「就我所知，一如既往地運作良好。」塔德回答得很不情願。

「那到底是怎麼運作的？究竟？」

「這個嘛，要是我們談到九一一、震懾戰[9]或其他類似情況，整場秀就晝夜不停地完美演出。基地變得就像配備有英國附屬機構的五角大廈智庫。五星上將飛進飛出，彷彿溜溜球。蘭利[10]、太空總署、國防部和白宮團隊的高階官員。你說得出來的應有盡有。還有我們由全國各地重要人士組成的團隊：查塔姆研究所[11]的某某教授，國際戰略研究所的某某博士，牛津萬靈學院還是哪裡來的幾個聰明小子。什麼地方來的都有。他們就這樣開始，夜以繼日思索難以想像的事。像奇愛博士[12]那樣的事。為世界末日預作準備的可能情況。該在哪裡畫紅線，該在何時用核武攻擊誰。這些有點超出我的俸給等級，謝天謝地。說不定也超出他們的俸給等級。」

「那段時間，他們處理的是比較具體的某些問題，或者就只是玩一場全球遊戲？」普羅克特問。

「噢，我們還有幾個區域性的小組委員會，到現在都還有。前蘇聯有一個，東南亞以前也有。中東則是歷久不衰，從某個角度來說。」

「哪個角度？」

「在布希和布萊爾的時代，這是個超級大問題。然後我們有個比較冷靜的美國總統，情況就緩和多了，史都華。」

「是啊，塔德。」

「所以這究竟是技術性破壞，還是不是？因為我沒得到許可，這地方的文件我半張也沒看到過。我不在這個魔術迴路裡，而且我也不想要。總部是太看得起自己了，還是怎樣？」

「我想總部是非常認真在審視這個魔術迴路。」普羅克特說，斷定時機已到。

•

9　震懾戰（Shock & Awe）是指美國在二〇〇三年攻打伊拉克時，運用大規模轟炸，震懾並快速擊潰敵方信心的戰術。

10　蘭利（Langley），美國中央情報局（CIA）總部。

11　查塔姆研究所（Chatham House）全名為皇家國際事務研究所，為位於倫敦的國際頂尖國際事務與戰略研究智庫。

12　《奇愛博士 Dr. Strangelove》，一九六四年出品的黑色幽默電影，為諷刺冷戰時期國際政局荒謬的經典電影。

他們站在鬼坑，也就是圈內人稱為鷹科猛禽保護區的地方。普羅克特的耳朵還在嗡嗡響個不停，是因為剛才搭電梯下降的緣故。同樣的三夾板會議桌和教室椅。同樣的巨大電視螢幕，也同樣處於休眠狀態。同樣一排螢幕空白的電腦，同樣粗劣的天花板長條日光燈。同樣的假窗、蠟花和藍天。感覺像是一艘被遺棄的船，正緩緩下沉，瀰漫腐壞、歲月與油氣的味道。

「英國在這邊，美國在那邊。」塔德緩慢而嚴肅地說。「每一部電腦都以菊鍊方式串接多個螢幕使用。而這個菊鍊是封閉的。」

「所以完全不和外界連接？」

「東英吉利各地都有基地，所以還是和那些地方有所連接。但只要有一個基地關閉，就馬上切斷連接。你現在所站的地方，上方三百呎是除了特種部隊之外，英倫群島還正常活動的最後一個英美戰略基地。要達成技術性破壞，蓋達組織，中國，或是你想指名道姓的任何其他組織，都得要在上面的跑道正中央挖出一個該死的超級大洞，然後還要在早上就讓這個洞消失。」

「假如明天警報響起——比方說前蘇聯的小組委員會——急速下令召開會議，」普羅克特說，盡可能以最恰當的方式偏離他想探查的目標，「情況會是：讓你所有的人員到基地來，趕快把他們弄來，然後拉起對外連接的開合橋。但如果查塔姆研究所的某某教授沒搭上火車——」

「那就倒霉了。」

「假如是中東小組委員會，你說他們比較忙，程序也是一樣？」

「黛博拉例外。特殊情況。」

「黛博拉。」

「黛博拉．埃文。我們局裡的中東問題分析明星專家，天哪，還要問。也許應該說她以前是啦。你認識小黛。她有一次去找過你，她告訴我的。她問我，要是她有個人安全問題必須解決，該去找的人是不是你。我說就是你。」

「我應該聽說過她的消息嗎，塔德？」

「她就快死了。總部沒告訴你嗎？老天爺。如果這不是技術錯誤，那究竟什麼才是？」

「為什麼快死了？」

「癌症啊。她已經罹癌好幾年了。有段時間好一點，但接著又惡化了，現在已經到了末期。她打電話來向我告別，說她很抱歉，如果她以前不時像個蠢婆娘的話。而我——我不常這樣——我對她說，她一直都是啊。我哭哭啼啼，而她還是以前的那個黛博拉。我只是不敢相信，他們竟然沒告訴你。」

兩人沉默一晌，都覺得人力資源部的某人應該要加把勁。

「她叫我馬上切斷電腦連結，因為她再也不需要了。我的意思是，天哪。」

「這是什麼時候的事，塔德？確切時間？」

「一個星期前。然後她又打來確認我是否已經辦好了。她典型的作風。」

「你說她的情況有點特殊：黛博拉例外，我記得你剛才這麼說。」

「我有嗎？好吧，是這樣的，說來也是運氣。黛博拉在離這裡五哩遠的地方有棟像宮殿一樣的大莊園。那地方原本是她父親的，他以前也在局裡工作。結果呢，那地方竟然和薩克斯曼德姆（Saxmundham）

附近一個已廢棄的基地在同一條管線上。當時繁重的中東事務正忙得團團轉，而小黛長了惡性腫瘤，正在接受化療。可是黛博拉這個人啊，是不可能丟下工作不管的，而且局裡也不願意失去最頂尖的分析員。挖條線，把她拉進網路裡，又不花什麼功夫。」

塔德心中浮現一個可怕的想法：

「老天爺，史都華，我們別再想你那個什麼技術破壞了！電腦網路就到她為止，而且她家周圍幾哩什麼東西都沒有。」

聽了這句話，普羅克特回答說，放輕鬆，塔德，我們都知道，總部一旦有了某個奇思異想，會是什麼模樣。

•

回到塔德辦公室，等待飛行中士搭著她的吉普車前來，他們倆的對話再度回到可憐的黛博拉・埃文身上。

「我跟你說，我從沒去過她家，」塔德有點懊悔地沉思，「現在來不及了。要是她肯讓我去，我一定馬上衝去。情報局是一回事，她的私人生活又是另一回事。她有個老公，不知道在哪裡，這不是她告訴我的，是我聽別人講的。到處漂泊，有人告訴我。教一點書，做一點援助工作，多半在國外。沒聽說有小孩。我有一回問她，她的生活裡有什麼人。她的口氣差不多就是叫我他媽的別多管閒事。你找到了嗎？」

「破口？我想沒有。茶杯裡的風暴，看起來是。天曉得他們想找什麼。要是我這幾天沒再來找你，那應該就是問題平息了。照顧好你的兒子，塔德。」吉普車在外面停下時，他又說，「我們國家需要每一位好廚師。」

•

站在匡噹匡噹的兩節老車廂之間的廁所外，普羅克特傳訊息給他的副局長：

證實有未列入紀錄的連結。一週前應對方個人要求切斷連結。

他刻意再加上一句：總部未能連點成線的又一例證，但一如通常的情況，這句話只留在他自己心裡。

6.

十二本平裝版的澤巴爾德《土星環》限時專送寄達。朱利安自己留了一本，每天晚上睡前想辦法讀上幾十頁，並在網路上搜尋世界文學的名人。

他去了一趟倫敦處理事情，查看他的公寓，並提醒房屋仲介，他當初要求儘快賣掉房子。但他們告訴他，現在房地產市場正一飛沖天，何不再等幾個月，可以多賺個五萬鎊呢？

出於往日情懷，他拜訪了即將嫁給有錢交易員的前女友。結果這位有錢的交易員並不存在，而所謂的往日又不像他以為的那麼久遠，千鈞一髮之際，能帶著勉強保住的君子榮譽全身而退，算他僥倖。

他也抽了一天空，到鄰近的小鎮奧爾德伯勒朝聖，拜服在一家全國知名的獨立書店老闆腳邊，暢談各種文藝季與讀書會，保證要研讀學習。離開時他一心相信，就算讀再多澤巴爾德，自己也達不到這個標準。但隨著春天逐漸進入真正的初夏，他心情也好了起來。開始有人真的走進書店，更令人驚訝的是，他們甚至還買書。但愛德華．埃文並不在其中。隨著日子一天天過去，文學共和國越來越像是個遙遠的夢。

有可能是黛博拉過世了，而朱利安沒聽說嗎？本地的小報似乎不這麼認為，本地電台也是，而西黎雅和柏納德則是在西班牙的蘭薩羅特島度假。

「泰迪他沒再來了，親愛的。」朱利安在晨跑途中造訪小餐館時，艾德麗亞娜信誓旦旦對他說，「也許是她對他說，愛德瓦，親愛的，留在家裡吧。」

那齊里爾呢？

「齊里爾已經不在公立醫院工作，親愛的。他轉到私立醫院了。」

他得找人代替遠走高飛的貝拉。但只登了一則廣告，就引來一大群不適職的應徵者。他一天面試兩個。

書店打烊之後，他出門散步。晨跑是為了身體健康，傍晚散步則是為了心靈。打從買下店鋪，他就對自己承諾，不久的將來就要穿上靴子，走遍他所選擇的這個小鎮。不只是夏日觀光客喜愛的街道，這街上有座紅磚與燧石砌造的諾曼教堂，千年來為我們忠貞的國民提供瞭望塔功能，也為出海的英勇航海者提供地標——請參考去年的旅遊指南，標價已下殺到五點九六鎊，正在等待新版發行。也不只是那刷成粉彩色澤的維多利亞式飯店、古色古香的民宿，以及面海的那一整排威儀堂堂的愛德華式別墅。他指的是真正的街道，那一條條寬僅十呎，像用尺畫出的直線，從樹木成排的山頂延伸到石礫沙灘，布滿工人居住的連排屋和漁民後巷的街道。

現在，除了地下室的架子，書店的改造工程大致已經完成，但他暫時不理會完工日期，覺得自己可以帶著擺脫舊生活、並渴望擴展新生活領域的熱切心情，無拘無束地踏進鄉郊風景裡。他不再在冷氣房裡踩跑步機，照人工日曬燈，洗三溫暖，謝了。不再縱酒狂歡，不再慶祝對社會毫無助益的高風險財務操作成功，以及必定隨之而來的一夜情。那個倫敦人已經死了。歡迎負有使命的小鎮單身書店主人登場。

好吧：沒錯，偶爾和美麗的陌生人眼神碰巧交會時，他會回想起過去那令人羞愧的過份行為，對著那一幢幢有著蕾絲窗簾和閃亮電視螢幕的可敬房子自覺悔恨。但轉過一個街角，或跨過另一條街，他的良心苛責就得以歇息。是啊，沒錯，我以前是那樣的人，甚至尤有過之。但我現在是個更好的人。為了陳舊紙頁的香味，我拋棄了閃閃發光的金子。我現在過著不辱聲名的生活，而且未來還會變得更好。

只有馬修敢質疑他的決心。二十二歲的馬修是個失業的舞台設計師，朱利安在無計可施的情況下雇用了他。在儲藏室的桌子一抬頭，他就看見全副武裝的朱利安——健行靴、防水外套、防水油布帽——而屋外已經轟炸鬧街一整天的傾盆大雨仍然繼續下個不停，於是真心沮喪地大叫：

「天氣這麼糟，你該不會要出去吧，朱利安？你會得重感冒。」沒得到回答，只看見老闆露出寬容的微笑，於是又說：「我不想揣測你是為了什麼而懲罰自己，朱利安，我真的不想。」

•

說來也不奇怪，他常常——或許比他自己願意承認的次數還更多——在夜間漫遊的路程中，發現自己吃力爬上小鎮另一頭林木蓊鬱的小丘，穿過一所廢棄校舍石牆外滿是水坑的小巷，然後走下斜坡，來到兩扇對開的精美鍛鐵大門前。門上堂堂宣告大名：「銀景莊園」。夜色裡，鋪有路面的前院停了三部車：一輛舊路華，一輛福斯金龜車，還有一輛漆有本地醫院標章的休旅車。

房子下方是花園，順著坡度向下分成高低兩層，往大海延伸。婚姻已重現和諧？凝望銀景莊園，他竭盡全力要自己相信事實就是如此。艾德麗亞娜和她的齊里爾太誇大其詞了。此時此刻，愛德華正忠心不二地蹲坐在黛博拉床邊，就像朱利安蹲坐在他母親床邊一樣。他母親住的那間安養院房間很可怕，通風不良，瀰漫著腐壞的食物與老年人的臭味，走廊裡來回迴盪的是老舊推床喀啦喀啦的聲響，以及低薪護理師的嘰嘰喳喳聊天。

他發現，從另一個角度也能看見這幢房子：甚至看得更清楚，只要你不在乎稍微侵入莊園地界。而他不在乎。從山坡往下走約一百碼，就會走到新的醫療中心，穿過中心後面的停車場，忽略那張禁止繼續往前、違者處死的誇張告示，潛過鐵絲圍籬下方，爬上堆在變電所旁的瓦礫堆，同一幢房子就在面前居高臨下瞪著你。一樓四扇大落地窗，全都罩著厚重的窗簾，只有窗簾兩側各露出一道細細微光。第五扇窗戶應該是廚房。二樓也是一排窗戶，但只有兩扇窗裡有燈光。這兩扇窗位在房子兩端，彷彿盡可能離彼此越遠越好。

而且，或許在某次不請自來的探訪時，朱利安確實曾在某扇窗戶裡瞥見愛德華．埃文孤獨的身影。白髮蒼蒼的他，在屋裡來回踱步。也許是他對他的深切惦念讓此人現了身，因為隔天，在耗了一整個早上對某個不情願的鎮議員頌讚文藝季的好處之後，傍晚時分，就在打烊後幾分鐘，他發現有個人在門口徘徊，那不是頭戴洪堡帽，身穿淺褐黃風衣，問可不可以進來的愛德華．埃文，還會是誰？

「會不會太打擾你，朱利安？你可以給我幾分鐘嗎？」

「你要多久時間都沒問題！」朱利安笑著大叫，就像先前一樣，沒料到他握手的力道這麼強勁，一張臉皺了起來。

但他堅決抗拒內心衝動，不立刻就將愛德華帶到空蕩蕩的地下室。還有某些問題得先釐清。為此，新開張的咖啡吧可以提供比較沒那麼容易導致情緒激動的環境。

•

格列佛是朱利安用來引誘愛看書的媽媽和她們小孩的。書堆在一道魔法樓梯頂端，與小精靈、頭戴紅色尖帽的小妖精一起。牆上有個親切的格列佛正在發書給小小孩。容易清理的地板區，擺著適合兒童身高的塑膠椅、桌子和書架。咖啡櫃台後面，是占了一整面牆的粉紅色格列佛主題鏡子。

朱利安用新機器做了兩杯雙倍濃縮咖啡。愛德華從風衣側口袋掏出一個扁平小酒瓶，給兩個杯子各倒了些威士忌。這個閱歷甚廣的人是否已嗅到緊張的氣氛了？此時，朱利安終於有時間在天花板的照明燈下仔細看他。愛德華變了，或許妻子即將病故的人都是這樣吧：眼神更內斂，下巴更淨爽，而且也更堅決要繼續保持這樣，一頭亂糟糟的白髮變得更為整齊。但那頗具感染力，讓人卸下心防的微笑則一如既往。

「有件事我們得先搞清楚，如果你覺得可以的話。」朱利安刻意加重語氣，當成警告，「關於你和先父的關係。」

「沒問題！當然可以，我親愛的朋友。你絕對有權這麼做。」

「因為我隱約記得你告訴我，你在英國報紙上讀到他蒙羞，被免去牧師之職等等，於是寫了封信給他，非常慷慨地允諾要給他錢、安慰和他需要的其他一切。」

「身為他的朋友，這是我最起碼能做的。」愛德華嚴肅回答，對著粉紅色的鏡子啜了一小口加酒的咖啡。

「這也是很令人讚賞的舉動。只是，他過世之後，我翻過他所有信件，你知道嗎。我爸像倉鼠一樣，不太丟東西，什麼都留存起來。」

「而你沒找到我寫給他的信？」愛德華向來靈動的臉上出現真正警覺的神情。

「嗯，我只找到一封難以解釋的信。」朱利安承認，「一個貼英國郵票，蓋白廳郵戳的信封。裡面是封手寫的信——老實說，字跡潦草得像塗鴉——用的是英國駐貝爾格勒大使館的信紙。信裡說要給他錢和其他協助，署名是浮士德。」

愛德華映在鏡子裡的臉瞬間出現一絲警覺，隨即便又平靜下來，重新露出逗趣的微笑，但朱利安繼續進逼。

「於是我就寫了回信，對吧？親愛的浮士德先生或女士，謝謝您之類的，很遺憾通知您，家父已過世。大約三個月後，大使館把我的信退了回來，並附上不可一世的便箋，說他們的人員名錄裡沒有浮士德先生或女士，當時沒有，以前也沒有。」他說完了，卻只從鏡子裡看見愛德華對他微笑，那笑容甚至比剛才更燦爛。

「我就是你的浮士德。」他朗聲說，「我進了我們那所可怕的學校之後，同學們認定我有異國氣息，又喜歡沉思，其實這原因我也很能理解。結果呢，他們就封我為浮士德。我寫信給身陷困境的H. K.時，希望他老朋友這個久遠以前的暱稱，能勾起他的昔日情誼。唉，顯然我錯了。」

這個消息讓朱利安如釋重負的程度，遠遠超過他自己的想像。而愛德華似乎也不以為意，兩人在鏡中相視大笑。

「可是，你究竟在貝爾格勒幹什麼？」朱利安又質疑，「你待在那裡那時，應該是波士尼亞戰爭期間。」

愛德華花了比朱利安預期更久的時間才回答這個問題。他表情霎時黯然，懷想舊事似地扯扯嘴角。「沒錯，置身戰事要做什麼呢，我親愛的朋友？」他完全是一副通情達理的模樣，「當然是要竭盡全力讓戰爭結束啦。」

「我們去樓下看看吧。」朱利安建議。

•

他們並肩而立。誰也沒開口，各自沉浸在自己的思緒裡。濕氣蔓延的問題已經解決了。據建築師說，現在這地下室已經像個巨大的乾電池。文學共和國再也不會向下沉淪了。

「太棒了，」愛德華滿懷敬意說著，「我發現牆壁重新粉刷過。」

「我覺得白色看起來有點太呆板，你覺不覺得？」

「也裝了空調？」

「通風系統。」

「還有新插座？」愛德華驚嘆，但那語氣完全不打算掩飾他的心事重重。

「我告訴他們，線儘量拉，插座越多越好。」

「這氣味呢？」

「再過兩天就會散了。而且我拿到書架的樣本，要是你有興趣，可以看看。」

「我有興趣。但首先，我有件事要告訴你。我想你是知道的，但基於禮貌不方便提。我親愛的妻子黛博拉罹患不治之症，很可能不久於人世。」

「我的確知道，愛德華。我很遺憾，要是有什麼我能幫得上忙的——」

「你已經幫了大忙了，遠遠超乎你想像的大忙。自從你構思出大眾經典圖書館的想法，還邀我協助創立之後，你的提議就一直是我的支柱。」

我構思出這個想法？

愛德華從風衣口袋深處掏出一扎紙。大尺寸紙張對折裝在塑膠信封裡，免得被雨淋濕。

「你願意看一下嗎？」他問。

就著剛裝好的頂燈，朱利安細看，儘管一知半解，卻是越看越興奮。大約六百本的書名和作者姓名，每個字都仔細地書寫，全是出自那感人的外國人之手。朱利安讀著這些書名的時候，愛德華老於世故地轉身，開始研究起電力插頭。

「你認為我這建議還算公允嗎？你會不會以此為基礎開始籌備館藏？」

「豈只是公允，愛德華。這真是太棒了。真的，謝謝你。我們何時開始？」

「你有沒有想到哪本書遺漏了？」

「我這一時半刻想不起來。」

「其中有一些書很難取得，我想我們短時間內應該不可能備齊。但這也正是你發想的這個計畫的本質。這是書與書之間的對話，而不是一間博物館。」

「太好了。」

「我鬆了一口氣。晚上的這個時間你方便嗎？我太太睡得早，通常這時間都已經休息了。」

他們迅速敲定每日傍晚見面。馬修一說「開心的再見」，騎著他的腳踏車上街，愛德華立刻就從門口溜進店裡。他進來時的心情有點讓人捉摸不定。有些晚上，他進來時一臉落寞，這時朱利安會立刻帶他上樓到格列佛區，因為他在上鎖的杯盤櫃裡藏了一瓶威士忌。有時愛德華只能撐個幾分鐘，就再度告辭離去。但有時他一待就是幾個鐘頭。

隨著他的心情波動，朱利安那雙注意聆聽的耳朵也聽到了他的嗓音變化，從渾厚到不安，再到所謂的紳士階級字正腔圓英語。朱利安觀察到他這些不同身分的轉換，不由自主地忖思，當中究竟有多少成分是表演，又有多少是真正的他。他從哪裡學來這些腔調？他在運用這些腔調說話時，又是在模仿誰？然而朱利安不想吹毛求疵。我是在給一個受苦的男人提供協助與安慰，就如同他當初給予我父親的那樣。而且——心緒難以壓抑的倫敦金融區男孩大聲對自己說——愛德華也給了我免費的專業建議和教育作為回報。別再多想了。

附帶的好處是，他頭一回聽到他父親好的一面：H.K.年輕時英勇與善良的故事，他甚受大家喜愛，是學校反越戰運動的領袖。

「而且，最厲害的是，我得這麼說，他永遠沒長大。」愛德華喝下一口加料的濃縮咖啡，「H.K.內心深處一直有個小孩，活生生地就在那裡。我們每個人都應該像他那樣才是。」

「你內心深處也一直有個活生生的小孩嗎？」朱利安問，以他自己的習慣來說，這語氣似乎有點太過放肆。「又或者，這就像一日為貴族，終生皆貴族那樣？」

他是不是太過分了？愛德華那變化迅速的表情立刻黯淡下來，變得憂鬱——只是，和過去常有的情況一樣，這表情很快就被燦爛的微笑取代。朱利安受到激勵，得寸進尺：

「我所知有限，但就我看來，你似乎比我父親更成熟。爸上牛津，然後信了耶穌。但你去了哪裡呢？你說你一輩子都在打零工。」

愛德華一開始反問朱利安的時候，口氣不太客氣。

「你希望知道我的出身？你問的就是這個？」接著，朱利安還來不及反駁，「我年紀已經大到不會騙你了，朱利安。我親愛的父親是個很有魅力、但沒什麼天份的藝術交易商。他拖到時間已經來不及，才逃離維也納。但我們可以這麼說，他始終都很感謝英國。我也是。」

「愛德華，我真的不是要——」

「我親生父親過世後——他英年早逝，就和你親愛的父親一樣——我母親和一個同樣有魅力的小提琴家交往。他是個有天份但沒錢的人，他們一起去了巴黎，過著貌似體面、實則貧困的生活。我父親生前懷抱錯誤的希望，認為我應該在英國完成學業。為了這個可怕的目標，他設法存了一小筆錢。對於我，你瞭解得夠多了嗎，還是我要繼續自我介紹？」

「絕對夠了，我不是有意這樣的。」然而他腦袋裡閃過的思緒卻大不相同。我此刻聽見一段旋律，是從我自己嘴巴裡哼出來的。我自己也是這樣的，不時為我爸媽添上浪漫色彩。

還好愛德華改變了話題：

「告訴我，朱利安，你那個叫馬修的傢伙。你對他的評價高嗎？」

「很高啊。他在等夏天到來，因為劇院夏季才開。他希望他們會需要他，而我希望他們不要。」

「萬一有偶發情況，你覺得能委託他來代理你嗎？」

「當然可以，隨時都行。為什麼這麼問？」

顯然是純粹的好奇，因為愛德華並沒有回答。他反而是想知道，朱利安手邊有沒有閒置的電腦？朱利安有好幾部。既然愛德華要開始對外聯絡，找尋珍稀或已絕版的書籍，那麼共和國應該要有自己的電子郵址，這很合理吧？對於這兩個要求，朱利安都欣然同意。

「當然，愛德華，沒問題。我會幫你弄好。」

隔天傍晚，愛德華有了自己的電腦，共和國也有了自己的個別郵址。朱利安突然有個瘋狂的想法，覺得自己是西黎雅的接班人。

但是他接的是什麼班？從在倫敦金融區工作的時代，他就很習慣別人剝削他，然後他也剝削他們。

他很習慣別人嘴上說他們正在做某件事，做的實則卻是完全不同的另一件事。若是按照西黎雅的思路，他或許該想像愛德華這時是背著她，要利用電腦賣掉他那一大批藏品。欸，他保證過，要是聽到什麼風聲，都要告訴她的，所以他也許應該偷偷溜到地下室，瞧上一眼。他確實這麼做了。但愛德華確確實實是在和二手書店與出版社聯絡，要求提供珍稀與絕版書的目錄。至於珍貴無價的中國瓷器，零——不管是已傳送的郵件或垃圾桶都沒有。此外，偶爾零星搜尋的是影響後世的偉大男士與女士的思想。

「朱利安，我親愛的朋友。」

「愛德華。」

這次的話題是朱利安在倫敦的公寓。朱利安偶爾還會去用嗎？沒有，愛德華想要借用嗎？噢，我親愛的朋友啊，那樣的日子早就成為過去了，謝天謝地。不過，這幾天朱利安有沒有打算去倫敦呢？朱利安沒打算去倫敦。不過呢，他永遠找得到理由，去見律師、會計師，或是有某些事情得去處理一下。

那麼請朱利安到倫敦時順便處理一樁小事，應該不會太麻煩吧？

一點都不麻煩，朱利安要他放心。

那麼朱利安提到的這些需要他親自露面處理的事情，大概會是什麼時候？因為懸在愛德華心頭的這件事雖然說不上緊急，但本質上也有點急迫。

「如果很緊急，而且你一直掛心，愛德華，那麼我明天就可以去。」朱利安慨然說。

「我也可以假設，你在愛情方面並非毫無經驗？」

「你是可以這麼想沒錯，愛德華，如果你希望的話。」朱利安發出困惑的笑聲，盡力掩飾按捺不住的好奇。

「要是我向你坦承，我長年來都背著我太太，和某位女士維持關係呢？你會不會覺得我很可惡？」

「不會，愛德華，我不會覺得可惡。」——所以多告訴我一點內情吧。

「那麼，如果我拜託你做的事，包括將祕密信息送去給這位女士，我可以信任你不論在任何情況下都會永遠、而且絕對保持謹慎吧？」

愛德華或許是真的信任他。基於這個假設，他已經對朱利安下達指示，詳盡、精確得讓朱利安驚嘆：

貝爾塞斯公園地鐵站對面的人人電影院……手拿一本澤巴爾德的《土星環》作為身分辨識……你右手邊會有兩張白色塑膠扶手椅……大廳靠後方還有其他座位可選擇……要是電影院因為任何理由而關閉，那麼就去隔壁那家二十四小時營業的小酒館，那個時間小酒館裡應該沒什麼人……挑窗邊的位子坐，一定要讓澤巴爾德的書很明顯。

「那我該怎麼認出她來？」朱利安問，他的好奇心無邊無際。

「你不必認出她，朱利安。她看見澤巴爾德就會走過來找你。你坦然把這封信交給她，然後就離開。」

朱利安突然湧起一股荒謬感：

「那我該叫她什麼？瑪麗？」

「叫她瑪麗很好。」愛德華正色答道。

•

這天晚上朱利安睡著了嗎？幾乎沒有。他問自己究竟為什麼要蹚這趟渾水？問了一次又一次。他有沒有考慮過要打電話給愛德華，告訴他說這事取消了？一次也沒有。或者，打給朋友，請教他或她的意見？他把愛德華封得密密嚴嚴的信封擺在床頭櫃上，同時用他懂得的每一種語言鄭重立過誓。

他早早起床，穿上他最好的休閒服裝。重視打扮的男子要和他父親好朋友的情婦在貝爾塞斯公園的人人電影院盲目約會，究竟該穿什麼衣服好呢？他口袋裡裝著愛德華的信，手提箱裡帶著平裝版的《土星環》，搭上八點十分從伊普斯威奇開往利物浦街的通勤列車，然後從利物浦街轉往貝爾塞斯公園，準時在約定的時間坐在人人電影院空蕩大廳的白色塑膠椅上，將澤巴爾德攤開在面前。

此時，推開玻璃門、目標明確朝他走來的，應該就是瑪麗了。第一眼看到她，最鮮明的意象不是水性楊花，而是一位風格高雅、意志堅定，令人印象深刻的年長女士。

他站了起來，面向她，澤巴爾德拿在左手，右手舉到胸前，正要從亞麻外套內側口袋掏出愛德華那封沒寫收信人名字的信。但他沒有掏出信來。他必須等她先開口。那雙眼睛是不深不淺的褐色，精心塗上眼影，橄欖色的皮膚光滑如絲。年齡則猜不透：四十五歲到六十五歲之間都有可能。臉上的妝淡得幾乎難以察覺，身上一襲上班套裝，但又不全然是傳統的套裝樣式。長裙，非常優雅，但有很實用的深口袋。若說她剛離開金融區某場重要的高層會議，他也毫不訝異。他等她開口，但她沒動靜。

「我想我有封信應該是要給妳的。」他說。

她想了想，仔細打量他，毫不羞赧地和他眼神接觸。

「要是你對澤巴爾德有興趣，而且是愛德華派來的，那麼你是有封信要交給我沒錯。」她同意。

她露出微笑了嗎？若是，那她是因為他的話而微笑，還是對他微笑？這口音可能是法國腔。她伸出手。左手無名指上一只藍寶石婚戒，指甲沒塗指甲油。

「我必須現在看信嗎？」

「愛德華沒特別說。但為了安全起見，妳應該現在看。」

「為了安全起見？」——不確定她究竟贊不贊同。

「如果妳願意的話，我們可以到隔壁喝杯咖啡。總比站在這裡——」他沒再往下說。

小酒館幾乎沒人，一如愛德華預料。朱利安挑了個四人雅座。她要冰水，最好是法國波多氣泡礦泉水。他點了大瓶，要了兩個杯子，冰塊和檸檬片另外擺在一旁。她用桌上擺放的餐刀拆開信封。普通的A4白紙，正反兩面都是愛德華的手寫筆跡。他瞄了一眼，共有五張。

她側身拿起信，避開他的視線。她右手袖子捲到手臂上，橄欖色的皮膚有凸起的白色疤痕。自殘？這個女人不會。

她將這些紙折好，裝回信封，扭開古馳手提包上的那兩個G，將信放進去，然後又扭上，關好皮包。這熟練的動作讓她的手顯得更美。

「我太糊塗了，」她說，「竟然沒帶紙。」

朱利安向女服務生要，但她沒有可供寫字的紙。他想起剛才看見隔幾家店就有便利商店。妳可以等我一下嗎？他何必這麼問？她還有別的選擇嗎？

「還要一個信封，麻煩了。」她說。

「沒問題。」

他全速衝過人行道，卻得在櫃台前排隊。回到小酒館，她仍坐在他離開時的位子上，喝她的冰水，望著門。一疊巴爾西登邦德（Basildon Bond）書寫紙，藍色的。一扎相配套的信封。給妳。

「你還幫我買了膠帶。是讓我貼信封用的？」

「我是這麼想的沒錯。」

「難道我不該信任你？」

「愛德華不這麼想。」

她差點就要綻開微笑，但她忙著用圈起來的手掌擋住她正在寫的字，而朱利安刻意裝出不看的樣子。

「請教一下，你的名字是？」

「朱利安。」

「他就叫你朱利安？」——她低著頭，繼續寫。

「是的。」

「他什麼時候可以收到這封信？」

「明天晚上，他來我書店的時候。」

「你有家書店？」

「是的。」

「他現在心情如何？」

她的意思是：愛德華妻子性命垂危，所以他現在心情如何？她知道他妻子快死了嗎？又或者，如朱利安所揣測的，她指的是完全不同的事？

「他應付得還不錯，從各方面看起來。」從哪些方面看起來？

「你什麼時候有機會和他單獨談話？」

「明天。」

「你不會覺得我太失禮吧？」

「為什麼會？完全不會。當然不會。」

他意會到她指的是膠帶。她那雙強健的手量了一下長度，封起信封。

「你和他談的時候，請把你所見到的告訴他。我很好，我很沉著，我很平靜。你見到的我就是這樣，對吧？」

「對。」

她將信封交給他。

「那麼，就請將你眼中看見的我形容給他聽。他會希望聽你這麼說的。」

她站了起來。他陪她走到門口。她轉身，說謝謝你，一手搭在他上臂，臉頰敷衍似地輕貼他臉頰。她赤裸的頸部飄出體香。她走向馬路，他這才發現停在停車處那輛有司機的寶獅轎車是在等她。司機快速打開後門時，這聰明伶俐的金融區男孩在他的筆記本上寫下了車牌號碼，然後搭地鐵到利物浦街。

•

這天晚上，朱利安回到店裡已經十一點，覺得自己這輩子沒這麼累過。所以他花了好一晌功夫才發現自己眼前看見的是什麼——又一個信封。這個信封幽靈似地貼在玻璃門上，還附上一張馬修手寫的便利貼：

有位女士留下的信！！

他覺得自己今天已經受夠祕密信函了，於是馬上打開信封。

親愛的朱利安（請容我這麼稱呼你）：

久聞大名。令尊竟是外子的中學同學，實在太有意思。而你人真好，能給外子他此時最需要的休閒工作。如你所知，過去十年，拜先父所賜，我在本地圖書館的贊助人委員會裡擔任非執行職務。這座成就非凡的圖書館向來是我的最愛，同時我也發現你是委員會的當然成員。基於以上種種，我能否邀請你到寒舍便餐？

我近來情況不佳，所以你只能將就著忍受我們。不管哪個晚上都可以，所以請儘早來吧。

黛博拉・埃文　敬上

「什麼樣的女士？」隔天早上，店才剛開門，馬修一進來，朱利安就問。

「俗氣的褐色粗呢大衣，但有雙漂亮的眼睛。」

「年紀？」

「和你差不多。你昨天晚上看《齊瓦哥醫生》了嗎？」

「沒，我沒看。」

「她裹了和拉娜一樣的頭巾。我是說，真的一模一樣，害我嚇了一大跳。」

7.

「史都華，親愛的！真是太好了！大大驚喜啊！噢，你不必這麼客氣的。」瓊安在門階上大聲嚷著，接下客人帶來的兩瓶勃艮地紅酒。

普羅克特查看地圖的時候，想像這裡是一幢長滿鐵線蓮、迷人的薩默塞特（Somerset）鄉村房舍。但他下了計程車，在面前瞪著他看的卻是一棟有點俗豔，鋪著綠色瓷磚的平房，想必會讓年紀較長的村民為之抓狂。

「史都華，老小子！見到你真是太棒了。還沒退休吧，嗯？走運的傢伙！」率直的菲利浦大叫。一個拄著梣木拐杖、溫文儒雅的英國人，面容英俊，滿頭黑髮幾乎無一絲灰白，從瓊安後面探出頭來，露出不甚協調的微笑，接著從瓊安後面一跛一跛走了出來，給他一個極富男子氣概的握手。

但普羅克特注意到，那不甚協調的微笑凍結了，而笑容之上的眼睛半閉著，彷彿某種惡兆。

「沒錯，恐怕是。」菲利浦識透普羅克特的眼神，逕自粗聲粗氣說。「我病得不輕，對吧，親愛的？我從來不批評我們這親愛的國民健保體系。他們絕對是一流的。」

「而且護士都很喜歡你，那些野丫頭。」瓊安熱鬧附和，「用超級無敵的速度讓他起死回生。因為你送到那裡的時候真的已經死了，對吧，親愛的？雖然你自己不承認。」

兩人一起哈哈大笑。

「然後我想啊，那地方會繼洛根貝里小屋之後要了他的命，雖然他愛的不得了。因為時間太倉促，我唯一能找到的一棟房子就是這棟了。但他快樂似天堂啊。他有位女性物理治療師，每星期會來兩次。他又重新找回以前住在郊區的那個他。你很快就會在花園裡擺上小地精了，對吧？」

「而且是有七彩顏色的那種。」菲利浦說，又有更多笑聲。

眼前這兩人真的是普羅克特記憶裡二十五年前的那對金童玉女？中風過的菲利浦俯身拄著拐杖，而愛馬的瓊安則穿著一條鬆緊帶褲腰的寬鬆長褲，上身的T恤印著斜斜的一行「老越南」，就在她豐滿的胸前。但普羅克特還記得，她當年是那位主持黎凡特[13]行動的美麗主任，而她丈夫菲利浦則是抽著菸斗，在蘭柏宮[14]旁的分部掌控東歐情報網。他們是局裡最優秀、最傑出的夫妻檔，大家都這麼說。波士尼亞戰爭爆發後，菲利浦高升到貝爾格勒外站，而瓊安奉派擔任他的副手時，你都可以聽到鼓掌聲一路傳到了位在地下室的薪資津貼部。

起居室有一面觀景窗，能看見外面的小菜園，和更遠處的中世紀教堂。瓊安一個月兩次會到教堂裡負責插花。他們坐在起居室品嘗她的紅酒燉牛肉、菲利浦的馬鈴薯，以及普羅克特的勃艮地紅酒，一面愉快地討論大不列顛的狀況——很悲慘——阿富汗——沒希望，我們應該停損，趕快抽身——還有他們那隻天曉得為什麼要叫查普曼、無所不知的黑色拉不拉多母狗。

直到他們在小溫室裡坐下來喝咖啡和白蘭地時，才基於某種不言自明的共識，覺得可以自在談起是什麼風把普羅克特吹到了他們家門口。這是某個年齡以上的專業情報人員奉行不渝的普遍真理，也就是如果有敏感的問題要討論，最好是在沒有隔間牆，也沒有枝型吊燈的空房間裡談。

瓊安戴上一副寬邊的老奶奶眼鏡，登基似地坐在一張讓她腦後彷彿有個大光環的高背藤椅上。菲利浦膝蓋張得大開，坐在堆滿墊子的印度雕花矮櫃上，雙手抓著拐杖頭，抵住下巴。查普曼伸長身子，躺在他穿著拖鞋的腳邊。普羅克特遵從瓊安的命令，坐在搖椅上——可是你要小心，別往後仰得太厲害喔。

「所以你現在是搞歷史的？」瓊安從普羅克特在電話裡告訴她的事裡拾掇出一點小小線索。

「嗯，確實是。」普羅克特痛快承認，裝出蠻不在乎的模樣。「我得承認，他們叫我去的時候，我以為他們是要告訴我，我的時間到頭了。結果不是，他們給了我這份工作，真的相當有意思的匯款工作。」

「真是該死的走運。」菲利浦咆哮說。

「你負責的是什麼樣的工作？」瓊安說。

「基本上就是在訓練部門當備胎。」普羅克特坦承，「主要的工作：蒐整已經淨化過的個案史，當成新學員的教材。大標題就叫：『外勤探員管理』。部分作為課堂講授的材料，部分當成模擬練習。」

13 黎凡特（Levantine），為歷史上定義模糊的地區，廣義而言，泛指東地中海地區，包括塞浦路斯、土耳其、敘利亞、約旦、黎巴嫩、伊拉克、以色列、巴勒斯坦等地。

14 蘭伯宮（Lambeth Palace），位於倫敦泰晤士河南岸，曾為坎特伯里大主教在倫敦的官方住所。

「我們入行的時候都是靠自己，對吧，親愛的？」又是菲利浦，「我們那個年頭啊，訓練根本一文不值。」

「花兩個星期學怎麼給公文歸檔。」瓊安附和。她那雙戴上眼鏡的聰慧眼睛仍然盯著普羅克特，根本不信他的說法。「那怎麼會和我們扯上關係，史都華？」

普羅克特很樂意告訴她：

「這個嘛，顯而易見，只要有可能，我們就想納進主要成員的現身說法。內勤人員，分析員，而為了要有活生生的真人實事效果，當然也必須包括以前負責控管情報員的專案管理人。」

菲利浦忙著搔查普曼的耳朵，但瓊安動也不動的專注眼神仍然緊盯著普羅克特的臉。

「好特別的表達方式啊，」她突然迸出大笑，「活生生的真人實事效果。太俏皮了。你是特別為了這個場合捏造出來的詞彙嗎，史都華？專門為我們？」

「他當然不是啦，親愛的，別蠢了。我們早就落伍了。他們現在可是有一套全新的語言，什麼部門經理啦，還用該死的人力資源部取代正經八百的人事部。忙著搞一堆焦點小組，而不是好好動手做事。」

「那麼，假設你們兩位準備參加，」普羅克特不受影響地繼續說，「我們認為目前有一個個案史值得付費進行研究，幸運的是，這個案子你們兩位都牽涉在內，所以我們可以得到兩個人的協助，卻只要付一個人的錢，事情就是這樣。希望你們兩位作好準備，接受徹底的油炸煎烤，」——是個輕鬆的笑話——「我帶了祕書處的標準制式信函過來，授權你們說出你們的真實感受。要談多深多廣，完全依你們的意願，你們想怎麼批評總部都行，不必有所保留。」——菲利浦哼了一聲——「如果有必要重設日期，我們會來做。一開始有件非常重要的事情要先說清楚——不論你們認為我們的檔案裡可能會有什麼有關你們的紀錄，都請別擔心。你們兩位比大多數人都清楚，探員檔案最有名的就是檔案裡沒說的事。舊檔案甚至比新檔案更慘。在外勤現場發生的事，大部分根本就沒進入書面紀錄階段，當然也可能沒提到涉及的各方。所以訓練單位的建議是——老實說，應該是請求——把我們當成完全一無所知，重新告訴我們，從你們個人的角度說出整起事情的經過，不只是說給局裡聽，而是毫無顧忌地暢所欲言。要是你們忍不住非痛罵總部不可，也請別擔心你們的退休金或是其他莫名其妙的事。」

一陣冗長的沉默，聽在普羅克特耳裡有些微微不安，因為瓊安戴上掛在她脖子上的另一副眼鏡，開始讀起那封信，接著將信遞給菲利浦，他也同樣仔細讀過之後，才冷峻地點點頭，交還給普羅克特。

「所以他們把偉大的普羅克特博士貶到訓練部去了，」瓊安沉思，「我的天哪。」

「我只是去幫忙而已，瓊安。我過得不錯。」

「你被派來找活生生的真人實事，那麼，現在的頭號搜查犬又是誰？可別告訴我，他們沒人看守獵場喔。」

對於這句話，普羅克特只是遺憾地搖搖頭，意思是他並未獲得授權，無法告訴她局裡目前作戰序列的細節。瓊安繼續凌厲盯著他看，菲利浦繼續搔著查普曼的耳朵。

「為了謹慎起見，」普羅克特換上更為正式的口吻，「儘管我們想從你們口中探查的這位個案史當事人還活得好好的，但基於我們的利益，我們無論如何都不想驚動他。正式告知二位，和他的任何接觸都嚴格禁止，除非你們另外接獲通知。完全理解嗎？」

瓊安聽了他講的話，深深嘆了一口氣說：「天哪，可憐的愛德華，你究竟幹了什麼好事？」

•

普羅克特在他稱為「小型即興研討會」一開場，就滔滔不絕講出自己在火車旅途中構思出來的幾個主標題：

「廣泛來說，我們要探尋社會出身和成長過程所受的影響；再來是招募、訓練和管理；接著是專業技能和成果；最後是重新安置在適合的地方。菲利浦，由你先開始，如何？」

但菲利浦完全不覺得自己想開口。打從第一次提及愛德華的名字，他那張扭曲的臉就寫滿執拗的抗拒。

「你說的是佛羅里安，對吧？華沙的 UA。他們希望我們談的就是這傢伙？」

佛羅里安確實就是他們要談的這個傢伙，普羅克特證實。UA 是情報局內部慣用的簡稱，指的是非正式助理（Unofficial Assistant），或主任探員（Head Agent）。

「這個嘛，佛羅里安是他媽的好人一個。情報網挫敗不是他的錯，不管他們現在是怎麼說的。」

「我相信這就是我們之所以想談他這個個案史的原因，」普羅克特以安撫的語氣說，「希望在你們的協助下，得到正面且公平的結果。」

「可別以為是我吸收他的。是巴爾尼。我當時還在倫敦。」

想起巴爾尼，他們滿懷敬意地沉默下來。已故的巴爾尼是冷戰時期偉大的招募人，萊絲麗[15]之家俱樂部與巴黎左岸的常客，彩衣魔笛手，也是他手下心目中始終忠心不渝的父親。

「不過呢，巴爾尼才正要把魚鉤拋向他，佛羅里安自己早就迫不及待跳上來咬住魚鉤了。」菲利浦的口氣還是桀驁不馴，「面對一心想被招募的人，巴爾尼根本不必使出什麼厲害招數。不是為了錢，也不是興奮過了頭，佛羅里安是個有理想的人。只要給他一個他真心相信的遠大目標，他就會不顧危險飛奔而去。為他點亮火炬的人是安妮亞，根本不是巴爾尼。不過，這也沒能阻止巴爾尼把功勞往自己身上攬。從來就沒辦法。不管什麼該死的東西，他都要攬功。」

若是普羅克特沒瞄瓊安一眼，向她求助，菲利浦很可能還要這麼繼續講下去。

「親愛的，你不能這樣沒頭沒尾地從中間說起。史都華很可能不知道安妮亞是誰，或者假裝他不知道。你可不能像魔術師變出兔子那樣，突然把她給抓出來，對吧，史都華？你應該從他的出身背景和成長過程的影響講起。」

聽到妻子要他別再往下講，菲利浦沉著臉坐了好一會兒，拿不定主意是要聽從她的命令，還是要繼續說自己的。

15　萊絲麗（Les Lee），本名 John Falk Tomkinson（1929-2006），生於加拿大，後輾轉遷居紐約與巴黎，以女性裝扮的演出聞名於眾多俱樂部，並活躍於劇場舞台，被譽為創同志歷史的人。

「好吧，關於他的出身背景，我可以告訴你一件事，」他打破沉默，「佛羅里安的童年非常悲慘，遠超乎任何人想像地悲慘。你知道他父親的事吧，我想？」

普羅克特再次溫和地提醒菲利浦，他自己理當什麼都不知道。

「好吧，他爸是個波蘭人，對吧？而且還是個人渣。某種激進的天主教徒，強烈的法西斯主義者，認為納粹最棒。他去拍他們馬屁，協助他們強制驅逐猶太人，告發藏匿的猶太人，搞定所有文書工作，把他們像牲畜一樣趕進集中營。嗯，」——沉吟一晌，重新整理——「戰後，他們逮到他了，可不是嗎？躲在農場裡，假裝自己是個莊稼漢。快速審判，沒有什麼多餘程序，直接就在小鎮廣場把他給吊死了，還有很多人去圍觀。他老婆也不是什麼大好人，而且那是粗暴正義的時代，所以他們也在搜捕她。但是找不到，為什麼？」

「你告訴我啊。」普羅克特微笑說。

「因為啊，事後想想，她那個該死的老公早就把她給偷渡到奧地利了。她好端端地住在格拉茲的一座修女院裡，用另一個名字，生下她的寶寶。七年後，她到了巴黎，帶著她的兒子佛羅里安，以賣淫為生。兩年後，她嫁給一個五大銀行出身的英國人。一本英國護照給她，一本英國護照給那男孩。對身上背著納粹戰犯死罪，一籌莫展的波蘭妓女來說，這很不錯了。」

「佛羅里安是什麼時候發現這些事實的？」普羅克特問，仔細記在他的筆記本裡。

「十四歲的時候，他媽媽告訴他的。她擔心得要死，怕波蘭人會逮捕她，那麼她就得帶著兒子回華沙受審。但這根本沒發生。她的假證件堅若盤石。波蘭人從來沒把現在的她和以前的她聯想在一起。我們一路回溯，查得一清二楚。」菲利浦說。他突然閉緊嘴巴，露出一臉怪相。

但他的暫時停頓只是為了重新找回記憶：

「就我所知，佛羅里安這輩子只對這件事情扯過謊。他無法坦然面對他那個該死的人渣老爸，所以就把他給浪漫化了。對不同的女人拼湊出各式各樣不同的故事。你告訴那個叫潔達還是什麼名字的女人，說你爸爸是個英雄船長，這些胡說八道的屁話究竟是怎麼回事？我對他說。只是為了勾引她上床？可是啊，他什麼都不承認。那是在我們訓練他之前的事。他說他講的是他那位好心的英國繼父，全是胡說八道。」

然後彷彿突然想起似地：

「要是你想知道他打從心眼裡對宗教的痛恨從何而來，最合理的說法就是從這狂烈的反天主教心理出發，然後朝外擴散。這就是你需要的東西嗎？」

•

「成長過程的影響？」菲利浦重覆普羅克特的話，若有所思地在舌尖咀嚼這幾個字。「欸，天哪，去看看他該死的紀錄不就行了嘛。好吧，我們假裝他沒有任何紀錄。從他媽媽告訴他生父的事情那天起，他就是個激進的反法西斯分子，反帝國主義布爾什維克分子，同時也是他們拖他去上的那所英國公學的頭痛人物。他是反越戰團體的領導人物，悍然拒絕上學校教堂，也是青年共產主義聯盟領有黨證的黨員。更不用說法國索邦大學姑且一試收他入學之後，在他腦袋裡塞進了更多這類東西。六年後，他出於自願，回到他父親的國土。他先在薩格勒布（Zagreb）待了一年，在哈瓦納一年，中途又在瑞典的烏普薩拉（Uppsala）待了一年，然後到格但斯克（Gdansk）大學，對著一群在失靈的馬克思主義獨裁統治下並未放棄宗教信仰的波蘭人講授列寧—馬克思主義的歷史詮釋。要是你不瞭解你的中歐，真的完全無法相信。但瞭解了之後，你就會知道這也不足為奇。」菲利浦帶著好鬥的口吻說。

「他去波蘭的時候，心裡抱著神化的偉大夢想，對不對啊，親愛的？」瓊安提醒，趁他還沒再斟酒前，溫柔地拿走他手裡的白蘭地杯，給他一杯水。

「一點兒都沒錯，瓊安！那些波蘭人可幫了他大忙。」他津津樂道地說，「在格但斯克待了一年，發現共產黨的諭示是打從宗教創造以來最大的騙局。更棒的是，他沒把這些話告訴任何人，直到耶誕節返回巴黎，才躺在床上對安妮亞咬耳朵。她是個了不起的女孩，對吧，親愛的？芭蕾舞伶，逃離波蘭的流亡者。非常漂亮，擁有天底下誰都比不上的勇氣，而且很喜歡佛羅里安。對不對，親愛的，對不對啊？」

「你真的很喜歡她，」瓊安沒正面回答，「謝天謝地，還好佛羅里安已經先擁有她了。」

「你的意思是，佛羅里安被吸收，是安妮亞提供了間接助力？」普羅克特在筆記本裡草草寫進一些沒有意義的字。

「聽我說！」

菲利浦雙手用力壓住拐杖頭，站了起來，回到窗邊，取代了普羅克特的講師角色：

「你們這些男生女生要瞭解的是，佛羅里安探員是絕無僅有的，從天上掉下來的禮物。他們永遠找不到另一個比他信念更堅定，又具備這種絕對條件的人。他有五星級的共黨背景，全都攤在檯面上，你大可以切開來細細查看。他一切就緒，成功在望，有大學新進講師職位當完美掩護，還有無論誰都會願意付出一切代價得到的證明文件。」

「那麼安妮亞的角色呢，請容我再問？」普羅克特提醒他。

「安妮亞的家人是波蘭反抗軍裡的重要人物。她的兄弟有一個遭到刑求，然後槍決，另一個被關在牢裡等死。他們被捕的時候，安妮亞人在巴黎，因此她就繼續待在巴黎沒離開。巴爾尼當時負責波蘭難民圈，所以認識安妮亞。佛羅里安就這樣掉進了他的口袋。就算是一流的頂尖探員也沒辦法這麼容易就吸收到人。」菲利浦說，像個結束演出的表演者，再度回到他的印度矮櫃上。

「那他的情報技能呢，菲利浦？」普羅克特問，在另一個空格裡打勾。「我們可以偶爾讓他出來開個研討會嗎？你曾經形容佛羅里安是在深水裡游泳的人。我們的學員可能會好奇，想知道你這麼說是什麼意思。」

漫長的沉思，接著突然開始訓示：

「常識。不管你做什麼，都別只是跟著潮流走。要潛得深，找到正確的訊息。能隱藏在群眾裡的時候就藏在群眾裡，絕對別落單。要是你在華沙有個祕密約會地點，而學校有教職員巴士可達，那就搭巴士。把你的打字機借給別人用。要是你有拉達汽車的話，也可以把車借人開。讓他們偶爾也為你做點事情當成回報。但永遠別得寸進尺。要是有人要回波茲南（Poznan）探望母親，或許他們可以順便幫你帶這本書、這盒巧克力給個朋友？反正佛羅里安本來就很懂這一套，我們只要告訴他如何運用就行了。到頭來對他沒有任何好處。完全沒有。情報網的保存期限是有限的。我告訴過他，希望他瞭解。這情報網總有一天會瓦解，所以要做好準備。他不聽。因為他不是這樣的人。」

•

這是他們雙方都有共識，拖延著不肯面對的一刻。菲利浦頭往前垂，瞪著那雙緊緊交握、擺在大腿上的手。而瓊安則比較鎮靜，手撥弄著頭髮，目光穿過溫室窗戶，盯著教堂。

「真該死，我們過度利用他了。」菲利浦苦澀地激動大叫。「絕對不要過度利用你的人，這是第一條法則。我告訴總部，他們就是不肯聽我的話，說我被當地人同化了。你反應過度了，菲利浦，情況都在我們掌握之中，你去休個假吧。天哪。」

這激烈的反應讓菲利浦自覺羞愧，安撫似地拍拍查普曼，而查普曼則警覺地昂起頭。菲利浦再次開口，語氣已經平靜下來。他說，在佛羅里安現身之前，華沙站已忙翻天：

「一封普通的信要在國內郵政系統貓捉老鼠搞上三天。大使館裡每個當地雇員基本上就像棵植物似地動也不動。小從大使夫人養的貓，大到館裡每一個人，都全天候被監視，被監聽。然後，讚美上帝，不知從哪裡冒出來的這個格但斯克的主任探員，乾淨無瑕，迫不及待想展開工作。」

他又激動起來，語氣和之前那次一樣強烈：

「我告訴總部，一次又一次。你們不能期待佛羅里安去填滿、清空從格但斯克到華沙每一個無人回應的該死信箱。你們不能期待他去服務我們名冊上每個下線和自願提供情報的人。我說，波蘭人排隊等著為我們刺探情報啊。我們因為選擇太多而難以抉擇。但你們要是把他操得這麼厲害，這整座紙牌屋遲早一定會垮的。結果也正是如此。我們有兩個最優秀的人在同一晚被捕，另一個則是在隔天早上。他們之間並沒有橫向聯繫，但如今指針隨時會指向佛羅里安。當時我們有個還不錯的撤離計畫：華沙城郊的一座廢棄車庫裡，停了一輛破舊的運肉貨車，車上挖了個人身大小的洞。不是很有創意的方案，但我們測試過一次，可行。我發了緊急信息給他：佛羅里安，馬上到華沙。沒有回音。兩天後他出現了，開始發牢騷。說這也是他的波蘭，他寧可和船一起沉沒。我打從一開始就告訴你了，我說，氣球總有一天會飛起的，現在已經飛起來了，所以給我閉嘴，馬上進那個該死的棺材。十個鐘頭後，他坐在得文郡的莊園裡，哭得撕心裂肺，說一切都是他白癡的過失。根本不是。他的情報技術一流，沒有一丁點的差錯。是我們的信號出問題，被他們破解了。但沒差，反正他認為是他的錯。他就是這種人，把人生的所有責任全都扛在自己肩上。一個有遠大理想抱負的傢伙。如果你能把以下的信息傳達給你的學員，我會非常感激：要是總部想把你的手下操到死，千萬別說好的，長官。千萬別說，長官，怎麼樣都行。你要叫他們去死吧。」

「瓊安，」普羅克特說，「該妳了。」

但他太快拋出問題。他們夫妻爆發爭執，是普羅克特的錯。他問——聽起來似乎純粹出於好奇——愛德華和安妮亞的關係是在什麼時候結束的，是愛德華回到英國，黛博拉現身盤問他任務細節的時候嗎？

這個問題在菲利浦看來很多餘：這段戀情已經走到盡頭，因為愛德華調轉航向，而安妮亞已厭倦分隔兩地。她熱愛舞蹈，而且世上的男人多的是。因此，等總部開始針對網絡為何會被瓦解進行例行的事後剖析時——在菲利浦看來，這只是他媽的浪費公帑——愛德華是條「孤單蒼白的遊魂，對黛博拉或其他有心尋覓對象的女孩來說，是個可以公平追求的人。」

瓊安強烈反對：

「胡說，親愛的。安妮亞很愛泰迪，要是他吹聲口哨，不管她人在哪裡，有沒有舞可跳，都會立刻奔向他。泰迪到英國的時候失魂落魄。他是將朋友送進大牢的那個迷失方向的可憐波蘭男生，還是黛博拉告訴他的那個歸鄉的英國英雄？兩個星期的時間，分析員和他一起關在古色古香、但是有現代生活設備的英國莊園裡。黛博拉為他擦去額頭的汗水，告訴他說他是局裡有史以來最出色的主任探員。公平個鬼啦。」

「當時黛博拉差不多算是局裡的歐洲女王吧？」普羅克特提醒他們，「要是黛博拉說佛羅里安是個明星情報員，我想局裡很可能就會接納他。」

但瓊安對黛博拉的批評還沒完：

「他還是行屍走肉的時候，她就把他帶上床了。她違反了工作手冊裡的每一條規定。」

瓊安說得有道理，所以菲利浦只能哼一聲。情報局的倫理規範在內勤專家和外勤探員之間畫了一條不可跨越的分隔線。對黛博拉和佛羅里安，總部開了特例。

但菲利浦還要再說最後一句：

「他愛上她了啊，瓊安，妳也行行好！她就是他的大不列顛！」——不理會瓊安輕蔑的嘲笑聲——「他就是這樣。他以她為意象塑造了一個女人，然後又拜倒在這女人面前。她是徹頭徹尾的英國人，貴族出身，漂亮又有錢，愛德華真是該死的走運。」

就算這個論點說服了他的妻子，普羅克特也看不出她的態度有任何轉變。

•

瓊安揭開新篇章的開場白，是對著更廣大的群眾而說，氣勢磅礡，宛如華格納的《指環》：

「波士尼亞！我們以前常說，祈求上帝佑護，永遠別再有這樣的慘劇。但禱告毫無用處。六個小國為了狄托[16]老爹的遺志而爭吵，每個都自認是為上帝而戰，都想搶當老大，誰也不喜歡誰。一如既往，每個人都站在正義的一方，每個人都為他們列祖列宗兩百年前就打過、而且還輸掉的仗而戰。」

那些讓信念幻滅的恐怖故事還需要她多說嗎？暴力殘害，釘死十字架，矛劍戳刺，隨機的大規模屠殺，尤其以孩童和婦女為對象。她早就料到戰爭會很慘烈，但沒想到慘烈程度會是三十年戰爭加上西班牙宗教法庭[17]。根據總部的指示，整件事簡單得要死：

16 狄托（Josip Broz Tito, 1892-1980）南斯拉夫總統，執政三十七年，政治影響力延續至一九九二年南斯拉夫解體。

17 專為審判宗教異端的法庭，一四七八年成立，至十九世紀初才取消。據估計，期間共有十五萬人被起訴，三到五千人被處決。

「菲利浦要和無數爭得你死我活的情報探員聯絡，包括前南斯拉夫六個正在交戰中的情報組織，這對任何人來說量都夠重了。他還要和聯合國指揮部及北約代表商議，並且向幾個特別挑選出來的非政府國際組織簡報，提醒他們交戰的現況和極度危險的區域。

「所以，基本上來說，你是公開進行的，對不對，親愛的？而且做得很開心。你越是公開，對小的我越是有利，因為我只是你的傻老婆，負責在晚宴上和坐在我右邊的男士聊天。」

「沒用的蠢女人，徹頭徹尾的寄生蟲，打從一開始就不應該獲准到貝爾格勒去。」菲利浦自豪地附和，「從頭到尾都騙倒所有的人。妳還真騙倒我了！」——說完這句話，他在愉快的往事回憶中發出了「哈！」一聲，開心地用腳趾戳戳查普曼。

菲利普公開行事，而身為他副手的瓊安，第一要務則是忙著清點英國情報局從狄托時期存活下來的情報來源——散布在塞爾維亞、克羅埃西亞、斯洛維尼亞、蒙特內哥羅、馬其頓、波士尼亞，當中很多人都還在局裡的薪資清冊上，信不信由你——彷彿是菲利浦在華沙狀況的重演，她迫切需要一位有經驗的主任探員儘快來到現場。

毫不奇怪，佛羅里安的名字再次浮現檯面。他在前一段人生裡，不就是在現今隸屬於克羅埃西亞的薩格勒布大學當講師教書嗎？

或許他以前的學生和同事此時已在他們各自的國家裡位居高職？

他不是講得一口流利完美的克羅埃西亞語？

就算以上皆非，像他這樣有波蘭血統，同為斯拉夫同胞的人，在交戰的各方眼中，不是絕對比純正的英國人更禁得起考驗，更性感嗎？瓊安這麼說。強調愛德華身上的波蘭血統，避而不提他的英國背景，他再次成為負荷過重的外站從天上掉下來的禮物。

可是佛羅里安願意嗎？他擁有的勇氣已在波蘭大挫敗裡耗失殆盡了嗎？祖國讓他成為一個不一樣的人了嗎？更重要的是，如今已娶了局裡表現最優異、最被看重的成員為妻的前外勤探員，總部是不是肯重新雇用？在瓊安看來，有點出人意料的，總部竟然願意。是誰在大力促成，誰在盡力提攜，她永遠不知道，但覺得自己有個合理的揣測：

「他女兒還很小，愛德華很疼她，但他天生就不是整天玩腳踏車和熊熊的那種人。他們很有錢，家裡請了不只一個保姆。離開波蘭之後，局裡曾經丟了幾件工作給愛德華：跑腿當信差、海外情報站有人請長假時去臨時代理，或是進行漫無目標的招募行動。而這時黛博拉在做什麼？忙著在各地轉換支持對象。她是個職業婦女。專注於中東事務，這是她最新、也是做得最好的業務，在英美智庫裡表現出色，像個明星。而可憐的愛德華在家裡無所事事，對著天花板罵髒話，帶女兒去動物園。」

他們都同意菲利浦可以去接觸一下。佛羅里安或許被強迫退休了，但菲利浦在波蘭的時候是他的專案管理人。基於對妻子的尊重，菲利浦只簡短談起當時的情況：

「我飛到倫敦，然後去探望他。這是瓊安的主意，到他家去。我想應該說是她的家才對。那天天氣很好。在東英吉利的一幢愛德華時代大宅。他在家裡，站在電視機前面，看著戰爭進行。他女兒也是。要是你認識佛羅里安，肯定完全不覺得意外。他知道我要來，所以布置好了場景。我們喝威士忌，我問他還好嗎，他說我們什麼時候開始？就這樣。不必對他施壓，沒談到錢和津貼，或其他諸如此類的事情。他只談到我們向誰取得情報，哪些人是可立即啟用的。去問瓊安吧，我說。你現在的主管是瓊安，不是我。我只是派駐在貝爾格勒的英國官員。他完全不覺得困擾。他喜歡瓊安。他在他的「角色與責任」訓練課程裡見過她，他信任她，所以沒問題。他也很想要有位女主管，變化一下。尤其是個漂亮的女主管。嘿，她臉紅了。他真正想知道的是：他多快能離開，開始過不同的生活？我知道妳想說什麼，親愛的：他想做的就只是離開黛博拉。但這不是事實，妳知道的。他再次有了遠大的目標。他真正在乎的是這個。」

「而他的遠大目標是——你會怎麼說？」普羅克特問，再多拖一會兒，不讓瓊安立刻接續話題。

「噢，當然是和平啦，毫無疑問。」菲利浦毫不遲疑，「終止所有的戰爭。終結法西斯主義。波士尼亞多的是法西斯主義者，他知道。絕對不要低估佛羅里安父親的影響力，絕對不要低估佛羅里安的共黨背景。瓊安，妳接管他的時候，我對妳只有一句睿智的建言，還記得嗎？激進分子就是激進分子，不論他是個前共產主義者，還是前什麼什麼。他還是以前那個傢伙。你不會因為你的結論改變了，就改變你的思考邏輯。你只會改變結論，這是人性。也許你應該給你的學員幾句警告之類的，史都華，好好想一想，如果他們要吸收前狂熱分子的話。永遠要記得他們是什麼人，因為他們原本的狂熱還躲在他們內心某處。」

第一個問題，瓊安說，顯然是佛羅里安的掩護身分。這裡不是共產統治的波蘭。這是土崩瓦解的南斯拉夫，整個國家有太多這種或那種的怪人四處出沒——軍火販子、福音傳播者、人蛇、毒販、戰爭觀光客和來自全球各地的記者與間諜——看起來可疑的反而只有正常人。

此地最密集的就是救援機構，你想得出的各種色彩、各種派別，這裡都有。而總部決定，佛羅里安最自然的國籍不是英國或波蘭，而是德國，因為克羅埃西亞人對德國人格外同情。況且，情報局擁有某個德國救援機構的部分主控權，把佛羅里安弄進這個機構完全不是問題。他要從他以前任教的薩格勒布開始。

「但是佛羅里安怎麼會願意乖乖坐在任何地方，」瓊安冷著臉，一口咬定。「如果局裡是按里程付他錢，我們早就被他搞到破產了。他積極接近每一個人——他以前的學生和兄弟，他新交的好朋友，無論他們人在哪裡。只要能從對方身上挖到任何一丁點消息就行，他才不管他們是誰，而且呢，對方年紀越大越好。相信我，那裡確實有一些特別有魅力的人。法西斯分子甚至連掩飾自己都懶。塞爾維亞人對他印象特別好。他和他們一起歡唱，為他們歌詠英雄的詩歌心醉神迷，聽他們陳述自己的神聖使命，也就是為了建立塞爾維亞國的崇高目標，要殺盡每個穆斯林男人、女人和孩童。然後他就急忙透過無線電發來報告，再不然就是和我約在某個夜色籠罩的山村見面。」

「那麼波士尼亞人——那些穆斯林呢？」普羅克特問。

瓊安雖然不像丈夫那麼容易煩躁不安，這時卻也略有遲疑，換上了彷彿預告壞消息的表情：

「嗯，這個嘛，穆斯林永遠都是受害者，對吧？這是我們打從開始就刻意忽略的問題。而愛德華呢，這位愛德華，特別喜歡受害者。所以早就作好準備了。」她手指撥弄著頭髮，對著窗外的菜園說。

「早就有一兩個徵兆，我依稀記得。」普羅特克打破沉默，不太有自信地說。「我的學員像我們一樣為手下探員的小事煩惱時，或許也可以靠著搜尋這些徵兆解決問題。妳可以舉幾個例子嗎，瓊安？」——他已提筆準備記下。

「第一個徵兆，如果你喜歡稱之為徵兆的話，一發生，我們就立刻本於職責向總部報告。這徵兆是佛羅里安極度憤慨，說他提供的塞爾維亞情報被送往倫敦，然後轉給了美國，而不是直接交給波士尼亞。就佛羅里安的說法是，倫敦方面沒能及時將他的情報轉給波士尼亞方面，害他們無法躲過下一次的大屠殺。他甚至膽敢說這是蓄意的，真是胡說八道。倫敦當然寸步不讓，他們怎麼可能會讓步？你不可能讓外勤探員將他們自己獲取的情報轉給當地的交戰團體。況且，英美的特殊關係怎麼辦？北約怎麼辦？我也是這樣對愛德華說的：你在想什麼？無論如何，我們都隸屬於這個聯盟關係。我不知道的是——我們不知道的是——他瘋狂愛上了山裡一戶完全不和任何一方結盟的人家。他們也不屬於任何宗教教派，這對愛德華來說幾乎是必要的法則，然而他們的生活根植於穆斯林傳統，同時也為一個阿拉伯非政府組織工作。可是誰有辦法監督到每個探員私生活的所有面向，不是嗎？」

「根本做不到。」菲利浦粗聲粗氣附和，沉浸在自己的思緒裡。

「所以我們怎麼可能知道？除非佛羅里安自己決定說出來，否則有誰會知道？我就是這麼對總部說的。我人在貝爾格勒外站，該拿遠在山另一頭的佛羅里安怎麼辦？」

「妳不可能再多做半件什麼該死的事了，親愛的。」菲利浦安撫她，傾身捏捏她的手。

她是事後才見到那個村子的，瓊安說。她提醒普羅克特要牢牢記住這一點。那裡只是又一個波士尼亞廢墟和許多的墓碑。

但對佛羅里安來說，那村子是個特殊的地方。是他自己選定，而且只要一有機會就回去的地方。當時，她知道的就只有這些。那不是個祕密的地點，只是個非常私密的地方。他有幾次曾提起這個地方——說得更準確些，應該是蹲在援救卡車後面，接受她盤問的時候——他談起的不是村子本身，而是住在那裡的人。

但老實說，她不太在意那個村子或是村裡任何人。她更關心的是要確定佛羅里安沒事，敲定下一次的會晤，問出他所蒐集的情報，傳送回貝爾格勒。

據佛羅里安的描述，那是個和其他深藏在山巒凹處的波士尼亞山村沒什麼不同的地方，距離薩拉耶佛車程約一小時。村裡有一座清真寺和兩座教堂——一座是天主教，一座是東正教——教堂的鐘聲有時會和清真寺宣禮員宣告禱告時間的聲音混在一起，但沒有人在乎，佛羅里安覺得這樣真是太好了。

「你永遠沒辦法讓他承認人最好有宗教信仰，不過像這樣至少不會撕裂彼此，耶，萬歲。村子裡有節慶的時候，每個人都唱著同樣的歌，灌著同樣的酒直至醉倒。」

噢，是啊，她承認，一座夢寐以求的山村，但前提是，村民還過著波士尼亞各族群想辦法和諧共存的那種生活方式，也就是那種在大家還沒瘋狂咆哮之前，已延續了五百年之久的生活方式。

「讓這座村子在佛羅里安眼中宛如天堂的，是和他很處得來、好到不可思議的那一家人。我得承認，當時我並沒有將這家人放在心上。他偶然去到那個地方，懷著渺茫的希望，想打聽當地軍力部署的情報，結果突然就成為這個教養良好家庭的座上賓，和一對漂亮的約旦夫婦與他們正值青春期的兒子坐在餐桌旁討論起十九世紀法國小說的精妙之處。我不是故意要顯得無動於衷，但像這樣瘋狂的事是可以料想到的。每個人每天都至少有一件足以改變人生的經驗，而且通常都有五件。所以，沒錯，佛羅里安沒完沒了說著他那個夢幻家庭那時，我是應該仔細聽，但我沒有那麼認真應付。我更關心的是他接下來要說的軍隊動態。」她說。

「這也沒什麼不對。」普羅克特一面寫著，一面低聲認同。

瓊安扳著手指。待我們發現時已經來不及了。我們遵照總部的指示，費盡苦心進行事後的重建工作。她會不會講得太快啊，對史都華來說？

不會，瓊安，妳講得很好。

「一個約旦醫生，名叫費索爾，是在法國唸書並取得行醫執照。一個約旦女人，是上面提到的那個人的太太，名叫莎瑪，畢業於埃及的亞歷山卓和英國的杜倫大學，你相信嗎？還有一個十三歲的男孩，名叫阿拉瓦，是前面說到的那兩人的兒子，十三歲，在安曼唸書，但學校剛好放假。他希望日後和父親一樣，當個醫生。你聽明白了嗎？

普羅克特聽明白了。

「費索爾和莎瑪負責一個醫療中心的運作，在背後支持他們的不結盟非政府組織是由沙烏地贊助資金。他們的醫療中心位在山村邊緣的廢棄修道院裡。這修道院有——都已是過去式了——一間食堂，一個小牧場，還有一條小溪流穿其間。所以是個五星級的田園畫境。據愛德華說，這位太太莎瑪非常能幹，將那間食堂改裝成了野戰醫院。丈夫費索爾有野戰護理員大力協助，而護理員也是由同一個阿拉伯非政府組織資助。每天晚上會有卡車出現，放下傷患。雖然戰況最激烈的是薩拉耶佛，但山區同樣也有戰事在進行。村子以為有了這家診所，他們就能成為避風港。大錯特錯。」

•

在相對比較平靜的貝爾格勒，時間已過午夜，瓊安與菲利浦也都已就寢。瓊安剛出差回來。佛羅里安已經好幾天沒聯繫，但這沒什麼大不了。據瓊安所知，他最後的行蹤是和一名塞爾維亞砲兵上校祕密會晤。成果非常豐富，足以讓總部表彰他的英勇行為。他們床頭的綠色電話響起：僅限探員，而且只能在陷入絕境時打的電話。情報站負責控管主任探員的專案管理人瓊安接起電話：

「我聽到沙啞的聲音說：我是佛羅里安。佛羅里安？我說，誰是佛羅里安？我從沒聽過你的名字。我的意思是，我當時想都沒想到打電話的可能是愛德華。那聲音不像佛羅里安，我甚至不確定他是不是知道自己的祕密代號。我的第一個念頭是，佛羅里安被抓去當人質了，打來的是綁架他的人。接著我聽到：結束了，瓊安。那聲音非常陌生，一點情緒起伏都沒有。這時菲利浦已經接起分機，對不對啊，親愛的？」

「唯一的辦法就是讓他繼續講，」菲利浦答說，「他知道有佛羅里安，知道有瓊安，所以這個渾蛋確實掌握了一些情報。我對她打手勢，要她讓他繼續說，」──他搖搖手指──「讓他繼續說，然後我要總機追蹤這通電話。」

「當然我早就這麼做了，」瓊安說，「質疑他，我想。瓊安是誰？什麼事情結束了？告訴我你是誰，我就能告訴你是不是打對電話號碼了。這一回我知道他就是愛德華，因為這時的他不是波蘭人或其他什麼地方的人，他用的是他正常的嗓音講話。他們殺了他們，瓊安。他們殺了費索爾和那個男孩。我說，太可怕了，愛德華，你在哪裡，為什麼打這個號碼？他說他人在村子裡。哪個村子？我問他。他的村子。最後我終於從他口中問出了村名。」

•

瓊安隨後採取的行動異乎尋常──而就她平鋪直敘的述說，又是如此可以理解──普羅克特需要一點時間確認這起絕對大膽的行動。她帶著一名翻譯、一名駕駛，以及一名著便服的特種部隊中士，二話不說就前進山區。隔天傍晚，他們找到了這座村子，應該說是村子的廢墟。清真寺已被鏟平，所有房舍全被炸成碎片。墓園裡，一位年老的穆拉跪在一排新墳旁邊。

你的村民在哪裡？瓊安問他。

塞爾維亞上校抓走他們了。塞爾維亞士兵要他們排成一排，穿過地雷區。村民必須緊跟著彼此的腳步前進，否則就可能炸斷自己的腿。

醫生呢？

死了。他兒子也死了。那個塞爾維亞上校先是和他們談，然後就槍殺了他們父子，懲罰他們治療穆斯林。

他的妻子呢？上校也槍殺她了嗎？

有個會講塞爾維亞語的德國人，可是他來得太晚，沒能救醫生和他兒子一命，老穆拉說。這個德國人常到村子裡來，就住在醫生家。起初這個德國人用塞爾維亞語勸說上校。上校和這個德國人好像是老朋友。德國人對交涉很有一套。他騙上校說他想把這個女人留給自己，上校哈哈大笑，抓著女人的手臂，像禮物那樣把她送給了那個德國人，然後命令他的手下上車，揚長而去。

那個德國人呢？瓊安問。他後來呢？

德國人幫那個女人埋葬她死去的家人，然後開他的吉普車載她離開。

•

菲利浦堅持普羅克特離開之前應該先漱洗一下，而且也可以趁機瞄一眼他的書房。查普曼領頭，他們繞過小菜園，進到一間花園小屋，裡面有書桌、椅子和電腦。空蕩蕩的牆上掛了一張情報局板球隊的團體照，攝於一九七九年。一只裝有蒜頭的網袋垂掛在屋梁上，牆邊是一排裝有西葫蘆和櫛瓜的陶盆。

「事情是這樣的，老兄——你知我知就好，別告訴你的學員，否則你的退休金可就不保了——我們對改變人類歷史的進程沒做出多少貢獻，對吧？」菲利浦說，「這是老間諜對另一個老間諜說的心裡話，我覺得我去開一家少年俱樂部還比較有用咧。我不知道你是怎麼想啦。」

•

大街上目標常去造訪的每家公司或商店。

和目標交好，或目標刻意給予某些好處的商家。他們也會給予目標某些方便當成回報。

例如目標會借用某人的電話或電腦。記錄往來交易。

但是比利，不管你怎麼做，看在老天爺份上，千萬別驚動馬群啊。

8.

朱利安穿上量身訂製的成套藍色西裝，覺得太有金融區風格，於是改換穿格紋獵裝。但他又覺得獵裝太過爵士風，所以換上深藍色的西裝外套，灰色法蘭絨長褲和鳥眼紋真絲領帶。這些衣服來自皮卡迪利購物中心的巴德先生襯衫訂製店，是他過去恣意揮霍的時期大方買給自己的。他打上領帶，又將之解下，塞進外套口袋。他又重新打了無數次領帶，一面苦苦思索自從四十八小時前打過電話之後就始終揮之不去的難解問題。

「哈囉，」是個女人的聲音。背景有嘈雜的現代搖滾樂。音樂關掉。

「哈囉，我是朱利安．隆德斯利——」

「太好了，你是那個開書店的。你想什麼時候過來？」

接電話的這個人不可能是黛博拉，是《齊瓦哥醫生》裡那位裹頭巾的女子嗎？

「呃，如果星期四可以的話——」

「星期四沒問題。我會告訴媽。吃魚沒問題吧？爸討厭魚，但媽只能吃魚。噢，對了，我是莉莉，女兒。」她壓低嗓音，彷彿「女兒」這個詞會招致厄運。

「你好，莉莉，我吃什麼都可以。」朱利安說。這個事實讓他非常震驚，因為他不知耗了多少個鐘頭和愛德華親近相處，在此刻之前卻完全不知道黛博拉．埃文有個女兒，更不要說愛德華竟然有個女兒了。他發現，她的嗓音不像她父親那樣帶有精挑細選的各式腔調，顯得清新而迷人。

「七點你可以嗎？」她問，「媽休息得早，她頂多只能撐一個鐘頭。」

「七點沒問題。」

•

而這不是他人生唯一的謎團。店裡有兩部筆電不見了，一部從儲藏室裡消失，一部是在地下室不見的。警察終於來了之後，對情況的掌握也沒比朱利安多。

「非常專業的手法，」便衣巡佐只提出這個看法，「我們說的是至少三個人的集團行動。一個吸引你們的注意，兩個動手行竊。你記不記得有哪個女人突然歇斯底里，或是有個嬰兒不見了？你不記得。這吸引你們注意力的事件發生時，共犯A溜進你們的儲藏室動手行竊。然後共犯B悄悄下樓到了地下室，同樣動手偷走東西。你記不記得有哪個女人的衣服顯得格外笨重？」接著，他壓低嗓音像喃喃自語：「我想，你不認為有可能是內賊吧？那邊那個，叫馬修的傢伙？就我所知，他沒有前科，但他們總是有第一次，對吧？」

整件事最奇怪的地方，或許是當天晚上愛德華來到店裡之後，朱利安告訴他儲存經典圖書館寶貴往來資料的電腦失蹤時，他的反應。他臉上的表情沒有一絲變化，身體也毫無反應。然而，那靜止不動、了無生息的目光，彷彿是聽見自己被判了死刑一樣。

「兩部都不見了，」朱利安證實，「我猜你沒有備份。」

搖搖頭。

「那麼，看來我們損失很大。不過，我們還是可以給你一份書面清單，樓上也還有部閒置的筆電，應該派得上用場。只要我們能趕上進度就行。」

「太好了。」愛德華說，表現出他慣有的復原能力。

「而且我有封信要給你，」——把信交給他——「瑪麗給的。」

「誰？」

「瑪麗。貝爾塞斯公園的那位女士。她寫了回信給你，在這裡。」

他忘記要朱利安幫他遞送一封重要信件了嗎？

「噢，謝謝你。人真好。」——只不過這人真好的是朱利安，還是那位不知名的女士，並不清楚。

「除了信之外還有訊息，是要由我口述給你聽的。你準備好了嗎？」

「你和她說了話？」

「這樣有罪嗎？」

「說了多久？」

「總共八、九分鐘吧，在隔壁的小酒館。大部分時間她都在寫信給你。」

「你們有談到具體的事情嗎？」

「我不認為有，應該是沒有。其實，我們只談到你。」

「她還好嗎？」

「這就是她希望你知道的。她很好。她很沉著，很平靜。她是這麼說的。她也很漂亮，但這句話不是她說的，是我講的。」

愛德華陰沉的臉亮起了熟悉的微笑，但僅僅一瞬就消失了。

「我非常感謝，」他抓著朱利安的手，雙手用力一捏，然後放開。「再次謝謝你，千萬遍的感謝。」

老天哪，這是真的眼淚嗎？

「我可以嗎？」意思是，朱利安可不可以避一下，讓他平靜地讀這封信。

但朱利安不打算這麼做：

「我明天晚上會去你家吃晚飯，萬一你還不知道的話。」

「我們非常榮幸。」

「你怎麼沒告訴我你有個女兒？我的名聲難道這麼差嗎？我真不敢相信，這——」

這是怎樣？他也不知道。

愛德華再次閉上眼睛，將世界隔絕在外。他緩緩吐出一口長氣。打從朱利安認識他以來第一次，他變成一個再也無法多忍受一分的人，儘管只有短短幾秒。讓朱利安寬慰的是，他終於開了口：

「我覺得很遺憾的是，有幾年的時間，我們的女兒莉莉選擇在倫敦過她自己的生活。我們向來不是我希望的那種關係緊密的家庭。我讓她失望了。但讓我們很開心的是，她在她母親最需要她的時刻回到我們身邊。現在我可以讀我的信了嗎？」

．

巴德先生的領帶終於讓朱利安滿意了。他從冰箱拿出今天早上在熟食店買的，已經包裝好的香檳，挑了件舊風衣，而不是金融區風格的大衣，鎖好店門，懷著極度好奇、卻又有可怕預感的心情，踏上熟悉的道路，啟程前往銀景莊園。到了那條沒鋪路面的小徑，經過一輛停在路邊停車區的白色廂型車。老舊的車子裡，前座有對年輕情侶在熱情擁抱。莊園的大門敞開，他還來不及按門鈴，大宅的前門就打開了。

「你是朱利安，對吧？」

「妳是莉莉。」

她個子嬌小，活力充沛，一頭黑髮短得像男生，抿得緊緊的嘴巴歪向一邊。身穿寬鬆的牛仔褲，繫著兩個口袋上有紅色愛心圖案的廚師圍裙。她對他的第一印象是個頭高，態度坦率：他的藍色西裝外套、真絲直版領帶，還有一只印著「隆德斯利好書店」商標的麻布提袋。她有遺傳自父親的深褐色眼睛。她把門在背後半掩著，往下一步，站在他旁邊。接著，一個如釋重負的老派動作，雙手插進圍裙口袋，扭過頭面對他，像個同輩好友。

「你袋子裡裝了什麼呀，朋友？」她追問。

「香檳。冰得涼涼的，馬上就能派上用場。」

「帥。正式來說，媽還在治療中，對吧？但哪一天都有可能。她自己知道，而且不喜歡別人同情她。她想到什麼就說什麼，而她想的可多了，所以什麼狀況都有可能發生，好嗎？這下子你知道你讓自己捲進什麼情況了吧。」

他跟著她走上門階，覺得自己彷彿入侵似地踏進了大得像巨洞的玄關。若按房屋仲介的說法，這幢房子應該是早就等著現代化了。上校留給他女兒的這個家，泛黃的浮雕圖案壁紙上掛著他已龜裂的船艦航海油畫，還有他的古董氣壓計，一個個像士兵那樣排成一列。唯一的光源是從天花板垂下來的一個鐵輪，電子蠟燭流洩出不自然的黃光。玄關盡頭是一座桃花心木雕花樓梯，有白色扶手，讓行動不便的人可以上樓走進愁雲慘霧裡。他聽到的音樂是貝多芬嗎？

「媽！」莉莉仰頭對著樓梯上喊，「妳的客人帶了一瓶香檳來！快點化好妝！」接著，沒等回答，就帶著朱利安穿過敞開的門，進到同樣寬闊的客廳。這裡有座大理石壁爐，但裡面擺了個甕，插滿乾燥花。

壁爐前面，兩座灰色沙發挨在一起，彷彿兩條戰線。鑲有飾板的凹處，擺滿一排排皮面裝幀的精裝書。而在客廳遠遠的另一頭，是銀景莊園知名的愛德華．埃文先生。此時的他是另一個版本的愛德華，身穿褪了色的栗紅色晚宴西裝，與相襯的金穗晚宴便鞋，正在那裡等待他們發現他的存在。他的白髮梳得整整齊齊，在耳後微微隆起，宛如兩個小小的角。

「朱利安，我親愛的朋友！多麼令人喜悅啊！」——伸出一隻好客的手——「我猜你和莉莉已經彼此認識了。太好了！但你帶了什麼過來，天哪？我聽到了香檳？莉莉，親愛的，妳媽媽已經準備下樓隆重登場了嗎？」

「再等幾分鐘。我先把這個放進冰箱，然後把晚餐端出來。要是聽到我大聲喊叫，你就要快跑。好嗎，泰迪老爹？」

「很好，親愛的，沒問題。」

愛德華和朱利安面對面。在他們倆中間的茶几上，有個擺了醒酒器與酒杯的銀托盤。而愛德華眼中的神色，是朱利安之前從沒見過的：看起來幾乎像恐懼。

「我可以為你倒杯雪莉酒嗎，朱利安？或者要喝烈一點的？這屋裡的人顯然都不知道你去倫敦的事。」

「我意識到了。」

「她們只知道我們要為你那家出色的書店創建古典圖書部。電腦被偷的事可能會引起不必要的困擾，我建議最好避而不談。黛博拉對某些事情有點過度敏感。其他的議題當然都歡迎討論。每天的這個時間，是她警覺性最高的時候。」

樓上傳來的貝多芬樂聲停止了，這幢大到有迴音的大宅裡，只剩吱吱嘎嘎的竊竊私語聲音。愛德華倒了兩杯雪莉酒，一杯遞給朱利安，一杯舉到唇邊，微微一傾，做了個無聲的敬酒動作。朱利安也微傾酒杯。彷彿得到舞台工作區提稿人員點頭提示那般，愛德華稍微提高嗓音，重拾對話：

「黛博拉對今晚真的相當期待，朱利安。她父親和鎮上公共圖書館的長期密切關係是她非常珍惜的資產。她的家族信託基金仍然是圖書館的重要捐贈人。」

「太棒了，」朱利安也高聲回答，「這真的是……」他正要說「令人感動」，卻聽到廚房傳來乒乒乓乓的聲音，於是轉而問起莉莉。

「她是做什麼的──你的意思是她靠什麼維生？」愛德華覺得有趣，彷彿從未聽過這個問題。「目前呢，莉莉負責作飯。當然是為了照顧她親愛的媽媽。但生計嘛，」──這個問題有這麼困難嗎──「她的專長是藝術，我會這麼說。不是身為父親的人會希望她從事的那種藝術工作，不過，那是她的最愛。沒錯。」

「平面藝術──商業藝術？」

「沒錯，就是這一類。你說的沒錯。」

樓梯傳來悅耳的巴貝多（Barbadian）男聲拯救了他們。

「她走得好穩啊，親愛的……現在，一步一階……非常穩，非常好……放鬆一點，現在放鬆，親愛的……妳做得很好，非常好，就是這樣，」──每一句諄諄善誘之後，都緊隨著拖沓的腳步聲。

兩個氣宇不凡的人挽著臂膀步下宏偉的樓梯，彷彿今天是他們的黃金大日子：新郎年輕黝黑，滿頭鬈髮，異常英俊，唸出誓言的時候，嘴唇幾乎完全沒掀動；新娘纖細，一身午夜藍，繫著金箔腰帶，銀灰頭髮宛如一對翅膀在她稚氣的臉龐兩側伸展。她一手扶著欄杆，金色涼鞋裡的腳趾盲目摸索著尋找下一個階梯。

「你是朱利安先生吧？」她厲聲問。

「我是，黛博拉。妳好，非常感謝妳邀請我。」

「他們倒酒給你喝了嗎？現在這裡的服務不是隨時都很到位。」

「他帶了香檳來，親愛的。」愛德華對著她喊。

「你終於找出時間來看我們了，」黛博拉不理愛德華，繼續說。「你在書店裡有那麼多不得不忍受的頭痛問題。我聽說，我們本地的工班都很怠惰，你同不同意啊，彌爾頓？」

「絕對是。」這位新郎附和。

愛德華將朱利安往前一推。「我想我們最好直接往餐廳走，你覺得好嗎，彌爾頓？」他抬頭問樓梯上的那人，「椅子擺在桌首，最靠近門口的位置？」

「我覺得很好，泰迪。」

愛德華再次開口，用的是父親的口吻：

「莉莉，親愛的，還沒把媽媽送回樓上之前，廚房的音樂可不可以轉小聲一點，麻煩妳？」

「哎呀——關了。對不起，媽。」音樂停了。

他們又進到另一間荒涼的房間。遠遠的那面牆是一整排棕色的木層架，但引人注目的是上面空無一物。那裡以前曾經擺著某件偉大的藏品嗎？餐桌有一端已擺妥餐具：錦緞餐巾，銀燭台，杯墊，雉雞圖案餐盤，胡椒研磨罐。桌首是黛博拉的高背寶座，墊著醫院枕頭。

「需要幫忙嗎，親愛的莉莉？還是我像平常一樣，只會礙事？」愛德華對著開敞的送菜口問，得到的回答是盤子乒乒乓乓，以及烤箱門砰一聲關上的聲音，還有一句雖然很小聲，卻依然清晰可聞的髒話。

「需要我幫忙嗎？」朱利安問，但愛德華忙著弄香檳，莉莉打翻了更多鍋碗瓢盆。

黛博拉和彌爾頓繼續表演他們的雙人芭蕾。彌爾頓扶著她的腰，讓她往後靠。黛博拉優雅地慢慢坐到枕頭上。

「九點半休息，可以嗎，我親愛的女士？」彌爾頓問。

「一直休息真的好累，你說對不對啊，朱利安？」黛博拉抱怨，「請坐。把忙亂留給其他人，我們坐觀其變就好。」

這是引用自哪本書中的句子嗎？也許他們講話向來都是引經據典。他坐下。此時他已感覺到自己對黛博拉油然生出一股愛慕之情。或許是敬佩，也或許是愛。她是他的母親，性命垂危，而她的丈夫卻欺騙她。她很漂亮，年歲雖長，但勇敢得要命，若是你現在不愛她，就來不及了。愛德華忙著將一杯杯香檳擺在他們面前的銀杯墊上，但黛博拉看似完全沒注意。

「你九點半可以嗎，泰迪？」在黛博拉背後的彌爾頓問愛德華。

「我沒問題，彌爾頓。」愛德華說，將一杯香檳擺在送菜口，是給莉莉的。

彌爾頓退場。

「他呢，有個愛人，」門一穩穩關好，黛博拉就對朱利安推心置腹說，「在鎮上某個我們不知道的祕密地方。我們也不能問那是男朋友還是女朋友，莉莉告訴我說那樣問很不禮貌。」

「真的很不禮貌。」莉莉隔著送菜口加入他們的話題。「敬妳，媽。」

「也敬妳，親愛的，還有你，朱利安。」

不敬愛德華？

「你是要在這鎮上定居了呢，朱利安，還是有一腳仍然依依不捨踩在倫敦，以防萬一？」黛博拉問。

「我沒有依依不捨，真的，黛博拉。我不怎麼想回去。我的公寓還在，不過正在設法賣掉。」

「我相信你要賣掉一點兒都不難。我在報上看到，房地產市場持續走高。」

這是我們臨死之前會做的事嗎？看報上談那些我們永遠不可能會入住的房子？

「但你還是不時會去倫敦？」

「偶爾。」——只是再也不去貝爾塞斯公園了。

「你是有必要才去？還是和我們待膩了就去？」

「有必要才去，我和你們在一起絕對不會膩，黛博拉。」他硬著頭皮說，確保眼神不和愛德華接觸。

他想起瑪麗。只要目光一轉向黛博拉，他就會把愛德華的這兩個女人拿來比較，一分高下。但這是不公平的競賽。瑪麗渾身散發溫暖氣息，而黛博拉表現出來的卻只有矜持。

莉莉從廚房出來，先是幫媽媽整理因為下樓而略顯凌亂的頭髮，然後親吻她的額頭，接著喝下一大口香檳，才從出菜口端出吐司和一個個小盤子。最後她在朱利安右邊落座。而此時的愛德華在邊桌忙著弄菜和酒。

「我準備了辣根，看誰需要。」莉莉朗聲說，「是森寶利超市裡最好的。都還好嗎，老兄？」——這句話是對著朱利安說的，同時用手肘戳戳他的肋骨。

「太好了。妳也都還好嗎？」

「好極了，老兄。」她模仿伊頓船歌[18]的那種英文調調說。

「有煙燻鰻魚，親愛的。」她母親開心大叫，彷彿這盤魚不是在她坐下時就已經擺在她面前似的。

「我的最愛。妳實在太聰明了，剛好可以配朱利安的香檳，妳會把我們寵壞的。朱利安。」

「黛博拉？」

「你那家漂亮的新店，前景看好嗎？我指的不是財務問題，和錢毫無關係。我聽說你很有錢。但你的書店能發展成鎮上的優質書店嗎？成為我們那座出色的圖書館的文化姐妹艦？在我們這個有週末遊客和新居民的可憐小鎮？」

他已準備好要給個正面答覆，但那諷刺的針還是不留情地刺來：

「我的意思是，你真的可以手貼在心上，誠實告訴我，你的經典圖書館對我們稱之為普通百姓的人當真具有很大的吸引力？」

「他辦得到的，媽，相信我。他是個值得關注的男生，對吧，朱利安？我去看過他的店，是家文學的佛南梅森精品店[19]。別理我們這些普通百姓啦，雅痞會愛上這家店，爭先恐後上門的。」

她喝完香檳，開始大口暢飲白酒。

「但是，你真心這麼認為嗎，朱利安，在這樣的年代，這樣的時機？」黛博拉不退讓，「我的意思是，你真心相信愛德華沒推你入坑，去做完全不具商業價值的事？只要他想，他可是很會操縱別人的，尤其是操縱老同學的兒子。」

「你是在操縱我嗎？」朱利安愉快地對著愛德華大聲說。愛德華一直忙著給大家的杯子斟酒，還沒機會參與就在他面前不到六呎之處進行的對話。

「我當然是啊，朱利安！」他的嗓音太過開朗，「到現在你都還沒發現，真讓我意外。讓你的店在打烊之後還開著，強迫你每天晚上收留像我這樣的流浪狗。依我之見，這是最厲害的操縱術，妳不覺得嗎，莉莉？」

「嗯，小心喔，朱利安，我只能這麼說。」黛博拉冷冷警告他。「要不然，有朝一日你醒來會發現自己破產了，因為他讓你買下了所有不該買的書。你是基督徒嗎，朱利安？」

這本就不容易回答的問題變得更難回答，因為他發現莉莉在桌子底下抓著他的手——就他截至目前的感受判斷，她的動作並非調情，而是更像在看一部可怕的電影，看到一半受不了，不得不找個人的手來握。

「我想不是，」他謹慎回答，鼓勵似地捏捏她的手，而後輕輕放開。「不，目前不是。」

---

18 伊頓公學流傳甚廣的一首歌曲，常在重要場合演唱。但伊頓正式的校歌是《Carmen Etonense》，而非這首《Eton boating-song》。

19 佛南梅森（Fortnum & Mason）是位於倫敦高級食品與百貨精品店，在海外亦有多家分店。

「你討厭有組織的宗教，肯定是，就和我一樣。然而，我這一生都謹守我們部族的盲目迷信，而且我還打算依循我們部族的儀式安葬。你有部族意識嗎，朱利安？」

「請告訴我，黛博拉，我屬於哪個部族，那我就想辦法成為那個部族的人。」他答道，意外發現那隻手又回來了。

「對我來說，基督教與其說是個宗教，不如說是我們堅持的價值，以及我們為保存這些價值所做的奉獻。你有沒有在鎮上的圖書館看見我父親的獎章？」

「恐怕沒有。」

「那些獎章超級厲害，」莉莉說，「絕對頂級。」

「是我們捐贈給圖書館的，你知道。親愛的，妳確定妳該喝這麼多酒嗎？」

「我需要增強氣力，媽。」她的手貼在朱利安掌心，像個老朋友似的。

「在你剛才一進門的那個大廳，西邊的牆上，就有個獎章，很低調，一點兒都不張揚。只有個小小的框，附上一塊小銅牌。我父親是第一批登陸諾曼第的軍官，為他自己的軍功十字勳章多贏得了一條橫槓[20]，你可以在勳章絲帶上看到。一條橫槓只是個不起眼的裝飾，卻蘊含很深的意義。」

「我相信是的。」

「你也有個吧[21]，對不對，朱利安？咖啡吧。在樓上。馬修告訴我的。」

「上校的父親在加里波利[22]戰役殉職，愛德華告訴過你吧？」

「我想他沒說。」

「是啊，他才不會說。」

「鰻魚還算好入口吧，泰迪老爹？」莉莉隔著桌子問道，但還是沒鬆開緊握朱利安的手。

「很美味，親愛的，我吃得欲罷不能。」討厭吃魚的愛德華答說。

朱利安覺得自己這一輩子大概都沒完沒了一直在上大師班，努力學習安撫的技巧，於是這時派上用場，再次介入他們雞同鴨講的對話之中：

「我衷心希望能推動本鎮重新舉辦文藝季，黛博拉。不知道有沒有人告訴過妳？」

「沒有。沒人告訴我。」

「朱利安現在告訴妳啦，媽。」莉莉說，「所以仔細聽喔。」

「恐怕目前還有點困難。」他繼續說，「握有權力的人似乎不太積極。我在想，對於這個議題，妳會不會剛好有些睿智的想法，可供我參考去進行？」

她有嗎？她沒有嗎？

莉莉抽回她的手，將裝鰻魚的髒盤子疊起來，交給愛德華端到送菜口，而黛博拉思索著這個問題。她的半杯香檳讓她臉頰染上了紅暈，淡色的大眼睛白得發亮。

20　獲軍功十字勳章者，倘若有出類拔萃的表現，會在勳章絲帶上加上一條橫槓，以資識別。

21　Bar 既是前面所述的勳章絲帶上的「橫槓」，也可指咖啡吧的「吧」。

22　加里波利（Gallipoli）是土耳其位於歐洲部份的半島，發生於一九一五年的加利波里戰役為第一次世界大戰初期最為慘烈的戰役，英、法與來自南半球的紐澳軍團傷亡慘重。

「外子天生是個自由派，他告訴我，他懷有令人耳目一新的想法，認為英國需要新的菁英。」她高聲說，「也許你應該把這個當成主題。」

「文藝季的主題？」

「不，不是文藝季，是你的古典文學部。趕走保守分子，和我們都知道他們不是什麼的那些人為伍。當然了，再不然也可以倡議個新選區。不過那也只是白費力氣而已。你覺得呢，是這樣沒錯吧？」

他覺得滿頭霧水。她究竟是什麼意思？愛德華給自己找了廚房跑腿的工作，幫忙端出香酥魚派。莉莉回到餐桌旁，空著的那隻手撐著下巴，思緒不知飄到哪裡去了。勇敢的朱利安和之前一樣，單憑隻手之力：

「妳形容愛德華是自由派，黛博拉，讓我很意外，」——彷彿愛德華此刻遠在另一個郡——「我一直覺得他是比較偏向保守的人。也許是他那頂洪堡帽騙了我。」他哈哈笑著說，贏得莉莉一聲感激的輕笑，但黛博拉卻只是怒目相視。

「那麼，或許你應該知道，朱利安，我們為什麼迫不得已把家父的房子改名為銀景莊園。」她怒沖沖地一口灌下杯裡僅餘的香檳。

「噢，媽！」

「還是愛德華自己已經給你一個曖昧不明的解釋了？」

「噢，幹，媽。拜託。」

「我想你聽說過尼采吧，朱利安？希特勒特選的哲學家？愛德華告訴我說，你對某些文化領域接觸得比較晚。」

「媽，別這樣。」莉莉懇求。這回她跳了起來，跑向母親，摟進懷裡，搓著她的頭髮。

「外子愛德華和我結婚之後不久，得出了一個結論——我必須說，這只是他個人片面的解讀——認為歷史嚴重毀謗了尼采。」

愛德華終於猛然活了過來：

「那才不是我的片面解讀，黛博拉。」他朗聲說，臉竟異乎尋常地紅了起來。「多年來我們被迫接受的尼采神話，都是他那個討人厭的妹妹，以及和她一樣討人厭的丈夫創造出來的，這兩人把這個可憐人塑造成了和他本人完全不同的一個人——而且是在他過世許久之後，我得這麼說。我們不能容許這些世界歷史的敗類，只為了逞一己可惡的目的，就任意霸占一心追求智性的傑出知識分子。」

「是啊，很好，希望沒有人會這樣對我。」黛博拉說，而莉莉繼續用手指梳著她的頭髮。「就算尼采是提倡個人自由、最無所畏懼的勇者，那又怎樣？對我來說，個人自由向來和與生俱來的義務不可分割。但對尼采和愛德華來說卻非如此。對他們來說，是「做你所想做的」，而不是「想你做了什麼」。這是最危險的格言，你不覺得嗎，朱利安？」

「我得想一想。」

「媽，看在老天的份上，別這樣啦。」

「請想一想。愛德華死命抱著不放的念頭是，每個人都要贊成他想做的事。尼采在威瑪的房子叫Silberblick（銀景），所以我們的房子就必須叫「銀景」。於是我們也就改叫這個名字了。是不是啊，親愛的，這麼多年來？」她對莉莉說。而莉莉一次次拚命輕輕吻著媽媽的頭。

但黛博拉並未因此安靜下來：

「至於你，朱利安，我非常好奇。」

「我，黛博拉？」莉莉又坐回到他旁邊，而他繼續保持戲謔的口吻。

「是的，你。你究竟是什麼人？你是個幸運兒，顯然是。守誡律，一如猶太人。這不必多說。但能否容我一問，你為何這麼倉促離開倫敦金融區。就我接收到的些許消息，是說你被某種反資本主義的狂熱給感染了。當然了，這是在你累積了大筆財富之後，但我們先把這個問題擱到一旁。我的消息來源正不正確？」

「事實上，黛博拉，這比較像是金屬疲勞。因為操作太多其他人的錢而產生的疲勞。」

「我要敬這句話一杯！」愛德華大聲說，抓住杯子舉了起來。「金屬疲勞。從手指開始，一路蔓延到大腦。幹得好，朱利安。滿分。」

又一陣預示凶兆的沉默。

「那麼，黛博拉，輪到妳了，請容我如此失禮。」朱利安使出他僅餘的交際手腕，開始說，「我知道愛德華是位有分量的語言學家，而我相信妳是為政府工作的傑出學者。我可否請教，妳實際上做的是什麼工作？」

結果是莉莉跳了出來，有條不紊地將這個問題導向另一個方向：

「泰迪老爹是個很不可思議的語言專家：波蘭文、捷克文、塞爾維亞—克羅埃西亞文，什麼都會，對吧，泰迪老爹？噢，他的英文也不錯。快啊，老爸，表演給他看看嘛。想聽什麼，應有盡有。」

愛德華假裝猶豫，接著就陪她一起演起轉移注意力的戲碼：

「噢，我是隻鸚鵡呢，親愛的。光是懂那麼多語言，卻沒辦法用這些語言說出些什麼，究竟有什麼好處呢？德文，妳忘了我還會德文。匈牙利文懂一點點。當然還有法文。」

然而，讓這一刻永遠封存的，是黛博拉那終於再度響起的尖銳嗓音：

「而我的職業呢，是個阿拉伯專家。」她宣稱。

•

就這樣莫名其妙地也就到了喝咖啡的時間，朱利安偷偷瞄一眼手錶，九點二十分，距黛博拉預定離席的時間還有十分鐘。莉莉不見人影。樓上有個女聲在唱愛爾蘭民謠。愛德華默默坐著，把玩他的酒。黛博拉在枕頭上坐得挺直，雙眼閉上，像個在馬鞍上睡著的騎馬仕女。

「朱利安。」

「我還在，黛博拉。」

「整個戰爭期間，家父的兄弟安德魯就在離這裡不遠的地方當科學專家，他是個很有天分的人。愛德華有沒有告訴過你？」

「我想沒有，黛博拉。你告訴過我嗎，愛德華？」

「我可能忘了，沒提。」

「那是極度保密的工作。他進行觀測，直到過世，死因主要是過勞。在那個年代，他們都是忠心愛國的人。你不是和平主義者吧，我希望？」

「我想不是。」

「好吧，千萬別是。彌爾頓來了，一如既往地準時。我不該問他幹嘛去了，那樣不禮貌。很高興你能來，朱利安。我應該暫時繼續坐在這裡，因為我爬上北牆樓梯的樣子不太好看。」

聽到這句話，朱利安知道她是在請他離開。

愛德華在玄關等候，前門已經打開。

「希望沒讓你太難受。」他輕快地說，伸手給了真誠的一握。

「今晚很棒。」

「莉莉要我替她道歉，她有很多家務要處理。」

「沒問題，請替我謝謝她。」

他走進夜色裡，以僅餘的禮貌態度儘量放慢腳步，一直走到步道盡頭。正準備邁開步伐跑起來，宣洩一下情緒，他就看見手電筒的燈光，燈光後面是莉莉・埃文，裹著她的《齊瓦哥醫生》頭巾。

起初他們兩人之間隔著一段距離往前走，各自固守自己所在的範圍，彷彿嚇呆的人離開車禍現場。後來，她挽起他的手。夜色灰沉，潮濕，而且靜寂。破舊的廂型車依然停在路邊，但那對戀人已經退到後座，或者分道揚鑣了。大街比較拮据的這端是一排二手商店，沐浴在鈉燈的橘色光線裡。比較富裕的那段路則是亮眼的白色，而隆德斯利好書店是其中最新的得意之作。他倆一句話都沒說，她跟著他走上側梯到了他的公寓。客廳簡樸得像是僧侶的房間，但這是他有意為之的：一張兩人座的沙發，一把扶手椅，一張書桌，一盞檯燈。凸窗望向大海，只不過今晚窗景無海，只有陰鬱的雲，如淚的雨。她挑了扶手椅，逕自坐下，手臂懸垂在扶手外面，彷彿在比賽回合之間休息的拳擊手。

「我沒惹你生氣，對吧？」

「沒有。」

「我不會和你上床。」她對他說。

「好。」

「可以給我杯水嗎？」

他從冰箱拿出氣泡水，倒了兩杯，遞了一杯給她。

「我爸覺得你很棒。」

「他是我爸以前唸書時的老朋友。」

「他和你聊很多事，對不對？」

「是嗎？我不確定。聊什麼？」

「我也不知道。也許聊他的女人，他的感覺，他是什麼樣的人。正常人在一起的時候會聊的事情。」

「我覺得他只是很遺憾，在妳成長的過程裡沒能多照顧妳。」朱利安謹慎回答。

「是喔，好吧，有點他媽的來不及了，對吧？」她查看手機。「告訴你，你真的很厲害。彬彬有禮，阿諛諂媚，把我媽迷得團團轉，沒有幾個人做得到。我要怎樣才能有訊號啊？」

「試試窗邊。」

《齊瓦哥醫生》的頭巾已取下，圍在頸間。她身體微微後傾，在手機輸入訊息，映在窗上的剪影看起來更高，更強健，也更女性化。她的電話已經嗶嗶響傳來回訊。

「賓果！」她報告說，臉上瞬間亮起微笑，宛如拷貝自她父親的副本。「媽很好，聽著《世界新聞》睡覺。山姆睡得很熟。」

「山姆是？」

「是我的兒子。他鼻塞，所以一直鬧脾氣。」

山姆的媽媽唱愛爾蘭民謠哄他睡覺。山姆，愛德華從未被提起的外孫。山姆，是愛德華從未被提起的女兒莉莉的兒子。門打開，又關上。

「他是黑人，」莉莉舉起手機給朱利安欣賞上面的照片，一個大笑的男孩摟著一隻格雷伊獵犬的脖子。「是混血兒，要是你比較喜歡這麼說的話。不過，在像我們這樣的家庭裡都沒差啦。媽可以接受任何有色人種，除了黑人，她的看護除外。她第一次見到山姆的時候，喊他她的小黑鬼，爸很生氣，我也是。」

「但是妳不時會在倫敦和妳爸見面？」

為什麼要說「但是」？

「當然。」

「經常？」

「偶爾。」

「那你們做什麼？一起帶山姆去動物園？」

「諸如此類的。」

「戲院？」

「有時候。偶爾也在威爾頓餐廳吃頓長長的午餐，就只有我們兩個。他非常愛我們，對吧？」

同時也對陌生人豎起「生人勿近」的警告。

•

事後回想，朱利安記得最清楚的是籠罩他們倆的沉默，是他們倆並肩奮戰之後獲得的平靜，以及無謂地擔心他究竟讓什麼人走進了他的生命裡。他記得他們的閒聊是如何取代了那個大到他們無法處理的話題。還有莉莉談起她爸媽時，是如何設法環繞著他們的周邊兜轉，彷彿他們的實質中心有條不得跨越的界線。此外，她也像她父親一樣，徹底檢驗他，把他當成某天將會推心置腹的對象，只是現在還不是。

沒，山姆的父親沒在他們的生活裡。他們兩人共同犯了美麗的錯誤，但有了美好的結果。已經畫清界線。他會定期造訪，但他已有自己的新生活，她也是。

是的，她是平面藝術家，就像愛德華所說的。她書唸了一半，因為山姆的降臨而沒唸完另一半。反正那課程也一文不值。

她繪寫過幾本童書，但沒找到出版社。她現在正在寫一本新的。

在爸媽的照顧下，她和山姆住在布魯姆斯伯里的一間小公寓，用「找上門來的任何垃圾設計案」支付帳單。銀景莊園令她毛骨悚然。

教育——他媽的什麼教育？她打從出生就唸寄宿學校。

男人？饒了我吧，朱利安。我和山姆最好是自食其力。話說回來，你呢？

朱利安也說完了。

他們臂挽臂穿過靜寂的街道往回走，但只走到巷道口。莉莉真的相信愛德華沒瞥見她從後門溜出來嗎？朱利安忖思。愛德華是他畢生僅見最小心謹慎的人。就算她是隻貓，他也看得見她。

那輛破舊的廂型車開走了。在他們面前聳立的是銀景莊園的巨大身影，黑漆漆地襯在已微亮的天空上。前門廊一盞黃燈，樓上有幾扇窗戶還是亮的。莉莉離開朱利安身邊，摟著自己的臂膀，深吸一口氣。

「也許我們會去找你買本書。」她說，然後頭也不回地闊步往前走。

9.

「我們跳舞跳到十點半，皮爾森先生，但從十點半到兩點是諮詢時間。」她用波蘭加法國腔的英文在電話中很嚴肅地告訴他，「要是我晚了，麻煩在二樓的接待室找個位子坐下等我，請將自己當成是來找我諮商的家長或監護人。」

現在是十點十五分，還有十五分鐘要打發。普羅克特坐在巴特西一家搖搖欲墜的希臘小酒館裡，想藉第二杯濃黑咖啡讓自己打起精神。隔著下雨的街道，聳立在他面前的是紅磚牆的芭蕾舞蹈學校。在樓上的拱窗裡，放下的百葉窗後面，有年輕舞者擺弄姿勢的身影。

他大半個晚上都在費力翻閱未經處理的攔截資料，好加緊速度為早餐會預作準備。他要和副局長貝登畢，以及他的兩名法律處主管見面。但就在最後一刻，會議延後到了今天傍晚。睡了三個鐘頭之後，他站在海豚廣場公寓的淋浴間，接到愛倫打來的電話，說挖掘有了重大發現，她要是不多待幾天，對其他人很不公平，接著顯然是為了轉移話題，又說她不得不和旅行社慎重討論她回程機票的問題。

「所以妳為了不對其他人不公平，因此要在那裡多留幾天。」他酸溜溜地說，「你們到底挖到什麼了？」

「很不可思議的東西，史都華。你根本無法理解。」愛倫蠻不在乎的高傲語氣讓他更惱火。「一整座羅馬村莊出土，他們找了很多年，現在竟然找到了，想想看。廚房都完整無缺，天曉得還有什麼其他的。爐子裡甚至還有木炭。他們要辦一場盛大的慶祝會。有煙火，有演講，我不知道還有什麼。」

資訊太多了。謊言一個接著一個，以防萬一最後一個謊言不奏效。

「他們找到的這些不可思議的東西究竟是在哪裡？」他依舊用波瀾不興的語氣追問。

「在挖掘現場啊，老天爺啊。在一座美麗的山坡上，我現在就站在這裡。不然你以為像這樣的羅馬村莊要在哪裡找？」

「我問妳的是，這挖掘現場的地理位置在哪裡？」

「你這是在偵訊我，還是怎樣，史都華？」

「我只是突然想到，這地點或許是在你住的那家豪華旅館的庭園裡，就只是這樣。」他回說，但還沒聽她滔滔不絕的抗議，就掛掉了電話。

•

手撐著下巴，第三杯希臘咖啡擺在肘邊，普羅克特重新再看一遍從古老檔案裡擇取出來的段落。這是他的助理安東妮雅轉傳到他智慧型手機上的：

時間是一九七三年，政治保安處陷入愛河：

目標只為她的舞蹈而活。目標天生優雅迷人。目標全心全意追求她的藝術發展，未發現有政治或宗教關聯。目標被她的老師認為是模範學生，有能力登上事業最為閃亮奪目的巔峰。

事隔四十年，政治保安處已不再沉醉愛河：

二十年來，與目標同居的是投入連串和平活動的社運分子、支持巴勒斯坦的抗議行動者，以及人權倡議者菲力克斯·班克斯泰德（詳如附件）。目標的重要性雖遠不如她的合法配偶，但在多次遊行裡，都被發現走在班克斯泰德身邊，例如伊拉克戰爭之前的抗議活動，由於在登記有案的活動裡出現了一定的次數，因此她就按規定升級為「黃燈」警訊人物。

對街樓上窗戶裡的身影消失了。交通因為突然降下的傾盆大雨動彈不得。一群各色種族的少女從拱形大門裡出來，四散走向各個公車站。普羅克特付了咖啡錢，抓起風衣蓋在頭上，匆匆擠過塞在路上的車陣，走向對街的人行道。

他不太確定是該按門鈴，還是直接走進去，於是按了門鈴之後逕自走進門裡，置身於空無一人的紅磚玄關，四周懸掛著各式紙雕與舞蹈表演的公告。門上標有「校長」的門半敞著。他敲敲門，推開，探頭進去。一名女子挺拔站在譜架前。高䠷優雅的她看不出年齡，以挑剔的目光看著他走進來。她身穿黑色長褲與緊身上衣。

「皮爾森先生？」

「沒錯。妳是安妮亞。」

「你是政府公務員，想問我某些問題，是嗎？」

「一點也沒錯。妳願意見我，真是太好了。」

「你是警察？」

「不，不是，差得遠了。我的部門是很久以前有幸透過你的協助，在巴黎和愛德華．埃文取得聯繫的那個機構。」他說，將裝有自己照片和「史蒂芬．皮爾森」簽名的皮夾遞給她。她看看照片，然後盯著他看了好久，比他預期得更久。那是一雙修女的眼睛：堅定，純真，虔誠。

「愛德華，」她再次開口，「他還好嗎？他沒——」

「就我所知，愛德華很好。是他太太不太好。」

「黛博拉？」

「是啊，還是那位太太。這個房間有點大，有沒有什麼地方能讓我們私下談談？」

•

她的辦公室非常窄仄，彩繪玻璃的拱窗被隔間牆硬生生切掉一半，屋裡擺著摺疊塑膠椅，以及充當書桌的老舊擱板桌。不確定該怎麼應付他，她挺直背脊坐在桌旁，像個女學生似的，而他拉來一把椅子，坐在她對面。然後，她擺出休戰的姿態，雙手交疊。那雙手修長如雕塑，非常優美。

「所以妳偶爾還是會和愛德華見面？」普羅克特問。

她驚詫地搖頭。

「我叫妳安妮亞，妳不介意吧？」

「當然不介意。」

「我是史蒂芬。如果妳不介意，我們就直接進入主題？妳想，妳最後一次見到愛德華是什麼時候？」

「很多年前了。拜託，你為什麼要問這個？」

「沒什麼大不了的，安妮亞。在情報組織工作的每個人不時都要接受調查。現在輪到愛德華了，只是這樣。」

「他都已經那麼老了，而且也沒再替你們工作，還調查他？」

「妳怎麼知道他已經不是我們的人？」——同樣微帶幽默的口吻——「是他告訴妳說他不再替我們工作了？他什麼時候告訴妳的？妳還記得嗎？」

「他沒告訴我，是我自己猜的。」

「理由呢，我很好奇？」

「我不知道。我只是隨口說說，沒什麼事實根據。」

「但妳當然記得，毫無疑問，妳最後一次聽到他的消息或是見到他，是什麼時候。」

仍然沒有答案。

「那就讓我幫妳吧。一九九五年三月——我知道，那已經是許久以前了——午夜過後不久，愛德華搭乘聯合國難民總署的飛機，從貝爾格勒抵達蓋特威克（Garwick）機場，蓬頭垢面，除了他的英國護照之外，什麼都沒帶。這個日期讓妳想起什麼了嗎？」

就算想起什麼，她也沒表現出來。

「他的狀況很不好，親眼目睹了悲慘的事。殘酷暴行，屠殺孩童。我們一直努力隱藏的真實世界恐怖慘狀，這是他在這不久前寫給一位朋友的信中提到的。」

他停頓一下，讓這句話沉澱，但沒得到顯著的效果。

「他需要他信任的人。某個關心他，也理解他的人。妳完全想不起來嗎？」

這雙修女的眼睛垂下，交握的修長纖手鬆了開。他沒得到任何回答，於是繼續說：

「他沒打算和黛博拉聯絡，反正她當時人在臺拉維夫參加會議。他沒打算和女兒聯絡，她當時在西部女子學校唸書。那麼，絕望的他會去找誰？」普羅克特沉思著，彷彿是在對自己家族裡某個誤入歧途的親人說話。「直到幾天前，這都是個未解之謎。就連愛德華自己也不知道他人在哪裡。他花了四天才到總部報到，和其他人一樣，他記得的就只是在波士尼亞最後那幾個月的緊張壓力對他產生負面影響，於是他到處遊走。然而，現代科技就是這麼厲害，讓我們能夠解開那個時期的電話通聯舊紀錄。這紀錄告訴我們一個不同的故事。」

他停頓一下，看著她，等待回答，但那雙修女的眼睛不看他。

「這紀錄讓我們知道，他落地的當晚凌晨一點，有人用蓋特威克的公共電話打了一通對方付費的電話到妳位在海布里的公寓。當時妳人是不是在妳的公寓裡？」

「有可能。」

「那天，一九九五年三月十八日凌晨，妳是不是接了一通對方付費的電話？」

「有可能。」

「那通電話講了很久。電話費九鎊二十八便士。這在那個年頭可不是一筆小錢。愛德華那天晚上來找過妳嗎？安妮亞，聽我說，拜託。」

她在哭嗎？他沒看見眼淚，但她沒抬起頭來，手緊緊抓著桌子，雙手拇指指甲都變白了。

「安妮亞，我非這麼做不可，好嗎？我不是妳的敵人。愛德華是個很好、很勇敢的人，我們都知道。但他隸屬於特定的一批人，要是其中某個人誤入歧途，我們也必須知道，必要時也才能幫他。」

「他沒有誤入歧途！」

「我問的是，將近二十年前的那個晚上，愛德華有沒有去妳的公寓。這是個簡單的問題，有或沒有？愛德華有或沒有到妳的公寓去？」

她抬起頭，正面看著他。他看見她臉上有的是憤怒，而不是淚水。

「我當時有個伴侶，皮爾森先生。」她說。

「我知道。」

「他叫菲力克斯。」

「這我也知道。」

「菲力克斯也是個好人。」

「我接受妳的說法。」

「菲力克斯為愛德瓦開門。菲力克斯幫他付了從蓋特威克過來的計程車錢。菲力克斯希望愛德瓦在我們家能夠賓至如歸。不好意思，我們家沒有客房。待在那裡的四天，愛德瓦都睡在沙發上。菲力克斯是個音樂理論家，他對學生負有責任，所以不能讓他們失望。還好，我在學校裡有個助理，所以我可以留在家裡照顧愛德瓦。」

她沉吟一晌，怒氣漸漸消散。

「愛德瓦的狀況不好。他不想看醫生，我也不希望留他獨自在家。第四天，菲力克斯給了他幾件衣服，帶他去理髮店剃掉鬍子。星期一，他謝謝我們，說再見。」

「就在那四天裡，他很神奇地恢復健康。」普羅克特說，不能說當中沒有諷刺意味。

這句話惹惱了她。

「恢復什麼了？離開我們家的時候，愛德瓦很沉默。他微笑。他很感激。他很開心。他又是那一副不誠懇的樣子。他又是以前的愛德瓦。如果這算恢復的話，那麼沒錯，他是恢復了，皮爾森先生。」

「但他那天早上去總部的時候，並沒有康復，對吧？他不知道這四個晚上他人在哪裡。他以為他是從救世軍那裡拿到了新衣服，他甚至對這一點也都不確定。他以為他們也替他刮了鬍子。他不知道他的公車票是從哪裡弄來的。所以他為什麼要騙我們？妳現在為什麼要騙我們？」

「我不知道！」她吼回去，「去死吧。我又不是你們的間諜。」

普羅克特的世界搖晃，偏移，又重新擺正。他得讓他的世界恢復正常。騙他的人是愛倫，不是安妮亞。安妮亞身上是不是有說謊的基因，他都很懷疑。若要說安妮亞撒謊，那也不過是省略了一些事情沒說而已。不是因為她睜著眼說瞎話，是因為她床上躺了個笑得合不攏嘴的考古學家小情人，而且不是一時興起的尋歡作樂，這就是他現在會有這個反應的原因。

「那天晚上愛德華來找你們的時候，是不是變了個人？」普羅克特平靜地問。

「也許吧。」

「哪裡變了？」

「我不知道。他沒什麼不一樣。他很負責任。愛德瓦向來很負責任。」

「他對莎瑪很負責任？」

「莎瑪？」她假裝一無所知，但演技拙劣。

「一個他在波士尼亞很欣賞的女人，親人慘遭殺害。她是被殺害的男孩的母親，被殺害的醫生的妻子。」

她假裝挖掘記憶，但這表演很難讓人信服。「也許他曾對菲力克斯提過這個女人。對他來說，向男人開口可能比較容易。他和菲力克斯聊了很久很久。」

「不，他和菲力克斯聊的，是如何拯救世界。我們知道，妳也知道。他們打從一開始就是忠誠的筆友。而對妳，他談的是莎瑪，肯定是。他的人生發生了極其重大的事。就像在巴黎的那一晚，他告訴妳說他再也不相信共產主義一樣。妳會理解的。就只有妳。」

「那黛博拉呢，他的妻子？」她追問，「難道她不理解他？」

但就像普羅克特一樣，她的怒氣並未持續太久。

「他希望自己能為她而死，」她說，「他很羞愧。他願意隨她到約旦。她告訴他：回家吧，回到你妻子身邊，回到你孩子身邊，好好當個西方人。她就是他的熱情。他因她而病。她不信宗教，她很睿智，她完美無瑕。她遭逢悲劇。她很高貴。她的家族擁有開啟耶路撒冷聖城大門的鑰匙。那是大馬士革的大門，還是雅法[23]。我不記得了。」

普羅克特是不是在她的嗓音裡捕捉到了一絲不耐——甚至是嫉妒？

「她也很神祕，」他提出，「我很好奇，為什麼他必須讓她保持神祕，不容任何人發現？」

「為了黛博拉。」

「為了不傷她的感情？」

「她是他的妻子。」

「但就如妳所說的，莎瑪只是一種迷戀，並不是一般公認意義的戀愛關係。那是——什麼？某種更大的東西，也許？信念的改變？他不希望任何人知道的巨大改變？不讓他的妻子知道，不讓他的情報組織知道。他對菲力克斯談的就是這些？」

眼前是個完全不同的安妮亞。她的臉宛如城堡大門，緊緊鎖上。

「菲力克斯是人道主義者。他非常忙碌，這一點你很清楚，皮爾森先生。他和很多人有很多重要的談話，我沒問他發生什麼事了。」

「好吧，也許我會自己去問他。妳該不會恰好知道我能去哪裡找到他吧？」

「菲力克斯在迦薩。」

「我們猜想也是。請代我們問候他好。」

•

在傍晚會面之前，他從一一三路巴士的頂層發出未加密的簡訊給副局長貝登畢：

我們可以穩妥推斷，此前目標若尚未察覺我們的關注，現在也已經意識到了。

皮爾森

23 雅法（Jaffa），以色列的港市。

10.

黛博拉．埃文過世了。在她過世之後幾個鐘頭裡，朱利安就已悄悄拼湊出主要的事實。

傍晚六點，黛博拉的癌症護理師喚莉莉到她母親床邊。黛博拉拔下手上的戒指交給莉莉，然後叫她去找人在書房的愛德華過來。

愛德華到了之後，黛博拉要求莉莉和護理師離開，讓她和丈夫獨處。愛德華和黛博拉關起房門，在臥房裡獨處了十五分鐘。然後愛德華離開，顯然是妻子叫他別再回來。

接著輪到莉莉獨自坐在媽媽床邊，護理師坐在聽不見她們談話的走廊椅子上。據莉莉說，她們談了十分鐘，但未對朱利安透露這內容。護理師再次進入房間，和莉莉一起照顧黛博拉，直到最後的時刻來臨。晚上九點，黛博拉在嗎啡的藥效下進入昏迷狀態。大約午夜時分，她的醫生宣告她已離世。

黛博拉對身後事的指示立即生效。她的遺體馬上移到殯儀館的安息廳，但不准任何人瞻仰遺容，再度重申，誰都不行。因為擔心其他人對這個指示有任何懷疑，還特別指名她的丈夫愛德華列為不受歡迎人物。她的遺願書事先印妥副本，寄存在殯儀館，以免產生誤解。

朱利安本人得悉黛博拉的死訊，則是在隔天清晨六點書店門鈴急迫大響之後。他套上晨袍，快步下樓，看見莉莉站在門階上，眼睛無淚，咬緊牙關，一語不發。

他霎時擔心的——事後想想，實在很意外自己會有這個念頭——是山姆出事了。但他緊接著意會到，若是山姆出事，此刻她就不會站在這裡瞪著他，而是陪在山姆身邊，無論他身在何處。後來她告訴他，她剛搭殯儀館的廂型車載媽媽的遺體離家，但為了符合黛博拉的指示，只送到安息廳的大門口。朱利安覺得基於禮儀的考量，應該帶她到格列佛的咖啡吧，而不是他較有私密感的公寓，只是究竟為什麼，他事後也無法解釋。

雖然在黛博拉過世前的這段時期，莉莉和山姆曾有幾次匆匆造訪書店，但從沒走到格列佛吧。當時山姆只瞄了一眼這稀奇古怪的樓梯，就放聲發出令人血液為之凝結的尖叫。

莉莉第一眼看見咖啡吧的反應好一些：

「一堆垃圾！」

「什麼？」

「這些可怕的壁畫。是誰畫的？」一聽說是馬修的一個朋友畫的之後：「是喔，她真是沒用到了極點。」

「其實是個男的。」

「那他更是蹩腳。」她坐在一把吧台凳上。「你會用這個東西？」——粗短的手指戳戳咖啡機。他會啊。

「我要一杯多加巧克力的大杯濃縮咖啡。多少錢？」

說完這句話，她開始嚎啕大哭，哭得撕心裂肺。朱利安想摟住她的肩頭，但她甩開他，又哭得更厲害。他為她做了多加巧克力粉的大杯濃縮咖啡，但她視而不見。他給她一杯水，她終於喝了。

「山姆呢？」他問。

「在蘇菲阿姨家。」

蘇菲阿姨是莉莉兒時的保姆，一位睿智的斯拉夫婦人，有張活像戰場的臉。

「愛德華人呢？」

她脫口而出一連串簡單的短句，整個合起來，意思應該如下：

愛德華和黛博拉分房睡，如他們做任何事情那樣。莉莉盯著媽媽的遺體看了好一會兒之後，對著走廊喊愛德華。他沒從他的臥房走出來，於是她去敲門。「爸，爸，她死了。」他剛刮好鬍子，還聞得到那檀香刮鬍皂的氣味。他是什麼時候刮的，她很想知道。兩人都沒掉淚。他抱她，她也回抱。後來她抓住他的肩膀，拚命搖晃，要他放手。然而他不肯將手鬆開。

於是她雙手抓住他的頭，要他看著她，但他想盡辦法不看。她在他臉上看見的，或者她自以為看見的，並不是哀痛，而是更近似下定決心的表情：

「我得和妳談談，莉莉，他說。說吧，我說，看在老天爺的份上，快說吧，爸！然後他說：我們今天晚上談，妳晚上一定要回來吃飯——說得好像我在我媽死掉的這個晚上還會去混該死的迪斯可舞廳似的。」

「現在呢？」朱利安問。

「他開車出門，又去散他那長長的步了。」

接下來的一個多鐘頭，莉莉坐在格列佛咖啡吧的凳子上獨自哀悼，忽而不敢置信地看著咖啡機後面那橫掛鏡子裡的自己，忽而瞪著牆上的畫，而朱利安隔段時間就偷偷注意她。他最後一次看咖啡吧的時候，莉莉已經不見了，那杯多加了巧克力粉的濃縮咖啡原封不動站在櫃台上。

•

隔天早上她又來了，這次帶著山姆一起。

「愛德華還好嗎？」朱利安問。

「還好。為什麼問？」

「我是說昨天晚上。妳和他約好要一起吃晚飯，他有話要對妳說。」

她開始有點含含糊糊。

「有嗎？嗯，我想他是有啦。」

「但沒出什麼壞事，不是什麼嚴重的事。」

「嚴重？為什麼會嚴重？」她就像他父親，有點意外會被問到這個問題，但馬上就扭轉情勢。

「生人勿近」的牌子穩穩豎起。

「否則愛德華怎麼打發時間？」他輕快地問，不算完全改變話題，但也差不多了。

「否則？」

「是啊」

她聳聳肩。「躲進他自己的世界裡。在媽媽嚴禁他人進入的區域裡晃來晃去，拿起這個東西，放下那個東西。」

「嚴禁進入的區域？」

「她的窩。防火，防彈，防竊，防家人。在屋子後面的半地下室，為她準備的全套配備。」——還是同樣怨妒的口氣。

「誰幫她準備的？」

「他媽的情報局啊，不然你以為是誰？」

•

他以為是誰？

這個嘛，好一段時間以來，他已經隱隱約約猜到，只是沒那麼直率地指名道姓。但她是在不經意間卸下了心防，或者，純粹是為了粗暴地制止他繼續打探？

他不打算問。她是他父親的孩子。她的語帶保留——更不用說嚴守祕密了——就和愛德華一樣，是她天性的一部分。而朱利安身為家中獨生子，從小到大沒有姊妹為伍，看待任何父女之間的關係，總不由自主地帶著既懷疑又敬畏的態度。

若是莉莉不肯透露她和父親約定好時間談話的內容，那麼同樣的，對母親在臨終病榻上和她的對話，也絕對不會洩露一絲口風。然而朱利安始終無法擺脫強烈的印象，覺得這兩場對話某種程度上都被列為官方機密。而莉莉順口說，她這天早上無法過來店裡，得待在銀景莊園，等「那些穿褐色連身工作服的男人來運走媽媽牆上的保險箱和電腦和其他垃圾。」朱利安的這個感覺益發強化。

「天哪，什麼男人？」朱利安問，他是真的很震驚。

「媽媽的那些人啊。你得跟上話題，朱利安！她就是替他們工作的呀。」

「她那個半官方機構？」

「是啊，沒錯，你懂了吧。她的半官方機構。從半官方機構來的人。這是我下一本書的書名。」

•

直到開始安排葬禮，莉莉外表的偽裝——如果可以這麼形容的話——終於碎裂成片。地點是在格列佛區，儘管牆上的圖畫實在太醜，但莉莉已將這裡當成她的野戰總部。時間是黛博拉去世之後四天。自從朱利安把山姆扛在肩上，唱著改編的《約克老公爵》爬上樓梯之後，山姆對這座詭異樓梯的恐懼就消失了。山姆和馬修打從一開始就一拍即合。有時黛博拉生前的看護彌爾頓也會晃進來，和大家揮揮手，懶洋洋地坐在地板上。他和山姆一起玩動物拼圖，但兩人很少交談。

這天午餐時間，只有朱利安、莉莉和山姆。山姆將架上所有的童書全拿下來，攤在地板上。朱利安買了三明治回來，莉莉正專心講著行動電話。

「是，瞭解。好的，榮光……沒問題……好，無論要怎樣……」一掛掉電話，甚至可能還沒掛掉之前，她就罵：「去他媽的。」

「他媽的誰啊？是誰？」朱利安輕鬆問。

「全都搞定了。去請教這位叫榮光的人吧。我們不必再多做一丁點該死的事。下個星期的明天，中午十二點，葬禮之後在皇家避風港舉行一場熱鬧的聚會。媽希望辦在星期六，這樣她局裡那些夥伴才能出席，所以就星期六囉。」然後突然想起似地：「噢，對了，順便告訴你，爸希望你當他的伴郎。」

「當他的什麼？」

「扶靈柩的人。不管那叫什麼啦，我對這些事情不熟，可以了吧？爸也是。所以這很不容易，好嗎？」

「我也覺得不容易。」

「很好。」莉莉回擊，但這次的口氣比較像她媽媽，而不是她爸爸。

「那麼那位榮光究竟是什麼人？」朱利安問，不過，出乎他意料的，心情暴躁的莉莉竟然沉默了一晌。

「我們是間諜，對吧？媽是間諜，爸也是間諜，我夾在他們兩個中間。」說著說著又生起氣來了，「真是他媽的病態，」——她握緊的拳頭敲著櫃台的不鏽鋼檯面。「媽這該死的一輩子都活在祕密裡。他們甚至不准她在陣亡將士紀念日佩戴她的勳章，但她一死，他們就迫不及待想讓她搭著皇家巡船，配著御林軍演奏的《與主同住》，在他媽的泰晤士河順流而下。」

一點一滴，其他事實慢慢浮現。看來，在黛博拉過世幾個鐘頭之後，榮光就找上了莉莉，先是透過行動電話，接著又寄電郵。榮光的專長是情報局的葬禮，她希望莉莉先不要急著安排黛博拉的葬禮，讓她召集部族再說——「部族」，她就是這麼說的。莉莉對榮光說話的口吻格外火大，拿來和宛如有顆馬鈴薯哽在喉嚨裡的柴契爾夫人相提並論。

榮光已經完成召集行動，所以才打來這通電話。照目前的估算，她預期會有五十到六十名過去和現在的情報局成員及搭檔出席。局裡樂於分擔三之二的茶會費用。皇家避風港按人頭計費，每位十九鎊，費用包括菜單C的小點心和白酒，以及總計六名的餐飲工作人員。有一位資深官員會蒞臨，致詞長度不超過十二分鐘。

「我們這位資深官員有名字嗎，還是我不該問？」朱利安開玩笑般問。

「哈利騎士。」莉莉用那位榮光的語氣說：「身穿閃亮盔甲呢，親愛的。」

「那愛德華呢？對於榮光的安排，愛德華態度如何？」

「爸完全置身事外。只要是媽媽的願望，他怎樣都可以。所以別問他。」——又是那個「生人勿近」的告示。

彷彿是戴上她哀痛的標誌似地，她用那條《齊瓦哥醫生》頭巾將臉園裹起來，除非從正面看，否則認不出她是誰。

日子一天天艱難地緩步前進。下午時分，莉莉和山姆會到遊戲場玩，或在河邊散步，如果書店生意清淡，朱利安也會陪他們一起去。有時蘇菲阿姨會不請自來，帶山姆去遠足。據莉莉說，蘇菲曾「和爸一起在國外工作，擔任某種怪異的職務。」但朱利安知道最好別問。他已經學會將埃文家族和他們的旁系親屬看成一個整體，不是因為他們共享的祕密，而是因為他們不讓彼此知道的祕密：這個概念讓他回想起自己的童年。

但莉莉已經悄悄走出她的牢籠了，儘管他花了好一段時間才明白。

傍晚時分，雨後天晴，朱利安和莉莉手牽著手在步道上閒逛。朱利安以為她是在想黛博拉的事。山姆和蘇菲阿姨走在他們前面。

「你知道布魯姆斯伯里那間公寓在我住進去之前是做什麼嗎？」

妓院？——他開玩笑說。她罵他。

「是情報局的安全屋，白癡！那房子不再安全之後，他們就讓媽用很低的價錢買下，當成給她的好處。所以媽把房子給了我們。太好了，但我們要等一個月才能搬進去，為什麼？繼續猜啊。」

因為房子有濕氣？有老鼠？支票跳票？

「因為我們得等清掃員開綠燈。」

讓她很高興的是，朱利安掉進了陷阱，或許是刻意的。

「不是該死的清潔工，白癡！是清掃員。他們要清除所有的竊聽器。也就是監聽你的所有電子設備。他們不是要裝，因為早就裝好了。他們是要把竊聽器拔掉。我一直希望能找到他們漏掉沒拔除的竊聽器，這樣我就可以對著他們罵髒話。」

但讓他最喜歡的，是她的笑聲，是她手臂摟著他腰的感覺，是她情緒又變壞時手依舊沒放開的那個姿態。

「鎮上有謠傳說，黛博拉和愛德華因為妳爺爺傳下來的那些青花瓷而吵架。」朱利安有一回打岔說，冒險刺探。

「這我倒是頭一次聽到。」她聳聳肩，「媽說她一看到那些東西就討厭，他們把東西送到店裡是為了省保險費。」

那麼爸爸呢？最好別問。

等朱利安提起有人告訴他，青花瓷原本是愛德華退休後最熱衷的嗜好：

「熱衷？爸對明代瓷器根本一無所知。」她嗤之以鼻。

至於她爸媽的爭吵，就莉莉所知——消息來源主要是蘇菲，因為她當時在他們家裡幫忙——只有一次「從媽的那個窩」傳出一聲慘叫。按照誰都知道的規矩，愛德華理論上是不該進去那個地方的。但莉莉對這件事很懷疑：因為蘇菲並不是永遠都可靠的消息來源。

「要是有人慘叫，那一定是媽。爸這輩子從來沒有慘叫過。蘇菲認為是爸打了她，但爸也不會這麼做。所以也許是媽打了他，或者根本就沒這回事。」

「妳進去過嗎？」

「那個窩？一次。妳可以偷偷看一眼，親愛的，就只能這樣。太好了，我說。妳有個收件匣，妳有一部擱在紅色架子上的綠色電話，妳有一部工業用的大電腦，妳還做什麼其他的呢，媽？我保護國家不受敵人侵害，親愛的。希望妳有一天也能這麼做。」

「那愛德華呢？」朱利安問，「他又在哪個方面保護我們？」

他等待她決定要向他透露多少。

「爸？」

「沒錯，爸。」

「特殊工作。他們帶我出去吃午飯的時候，就只有告訴我這些。我試著過問媽。我唸寄宿學校的時候，爸在波士尼亞幹嘛？援救工作，親愛的。加上做一點這個，一點那個。他媽的這個和那個究竟是什麼？我說。別說髒話，親愛的。」

「妳直接問過妳爸嗎？」

「也不算有。」

•

在讓自己擺脫祕密的過程中，莉莉將最煩擾不安的事實留到最後才揭露，大概也是極其自然的。

「媽要我替她送一封信到倫敦。」在漁夫休憩酒館喝啤酒時，她突然說，「在南奧德利街的一間安全屋。按三聲門鈴，要求見普羅克特。」

這時，朱利安或許也該回道，他也曾經送過一封祕密信件，但不是為她媽媽，而是替她爸爸代送。但就算不顧曾對愛德華許過的莊嚴承諾，光是擔心這個消息可能會對莉莉造成的影響，也讓他不敢說出口。黛博拉的葬禮即將在三天後舉行，此刻不是告訴她說他父親和某個不知名的漂亮女子保有長期關係的好時機。

「反正，我已經告訴他了，不是嗎？」她頑強地說，「妳替妳媽送過信？對，我送過。是送給普羅克特嗎？是的，該死，沒錯。妳知道信的內容嗎？不，我他媽的不知道，普羅克特也問過我同樣的問題。然後他摟著我說沒關係，說我做了正確的事，而他也是。」

「普羅克特說的？」

「是爸啦，天哪！他像教皇那樣祝福我，站在從來不點火的客廳壁爐前：願妳一切平安，親愛的，妳媽媽是個好女人，而我做了我該做的事，我唯一的遺憾是，她和我不住在同一個宇宙裡。」

「他做了什麼他該做的事？」

門又在他面前關上。

「他們就只是各有祕密罷了。」她草草地說著。

親愛的朱利安：

請原諒我在此困難情況下未能及時回覆你親切的悼問。黛博拉的離世，對每一位愛她的人來說，都是極大的失憾。我也非常感念你協助莉莉分擔葬禮安排的重任。在正常狀況下，那本該是我應負的責任才是。然而，你明天下午能否撥冗兩三個鐘頭，和我散散步，提振精神呢？明天天氣應該不錯。我建議下午三點，並附上地圖供你參考。

愛德華

•

「奧福德[24]？」朱利安偶然提起他的目的地時，馬修驚恐大叫，「好吧，如果你喜歡戰區的話。」

這天天氣很好，是只有春末才會有的晴光燦爛。氣象預報說會下雨，但蔚藍天空看不出一絲有雨的

24　奧福德（Orford）位於英國薩福克郡，二十世紀初軍方在此購下土地，興建兵工廠與彈藥測試場，冷戰期間並建立核武研發所。九〇年代後成為生態保育區。

徵兆。朱利安這輛評價極高的老牌越野車「陸上巡洋艦」——不像他放棄的那輛保時捷那麼有意思，但用來載運書籍很好用——讓他的視線可以越過灌木，看見新生的小羊踏出生命蹣跚的第一步。開了二十幾哩，穿越照料良好的鄉野，幾乎不見一幢房子或人影打擾這優美如詩的田園世界。水仙花和果樹上的花朵讓他回想起父親尚未墮落之前，他們曾住過的鄉間牧師寓所。

即將和愛德華見面，讓他鬆了一口氣。這幾天來，波士尼亞的援救工作，祕密戀人，間諜，以及看似頑冥不靈的鰥夫，都在他心中宛如幽魂，一如哈姆雷特的父親，在銀景莊園燈光幽暗的走廊上徘徊，很少對女兒開口，不時不告而別，神祕地出門散步。

古老的雙塔城堡出現在他右邊。他的衛星導航指引他開進精心妝點的村子廣場，轉進一段下坡路，抵達一座內陸碼頭。空蕩蕩的大停車場在高大樹蔭下顯得陰暗。他停好車，新版的愛德華從陰影裡走了出來：這是從事戶外活動的愛德華，身穿綠色防風防水外套，頭戴舊帽，腳踩健行靴。

「愛德華，我真的覺得非常遺憾。」朱利安和他握手說。

「你是個大好人，朱利安。」愛德華的口氣有點心不在焉，「黛博拉對你評價很高。」

他們出發。朱利安不需要馬修的可怕警告，因為他已經和《土星環》長途奮戰過，知道這個位處渺無人煙之處的前哨基地有多寂寥荒涼，知道該抱何種期待。他知道，就連漁夫都應該覺得這裡難以忍受。他們沿著一條人行步道，經過垃圾箱，爬上搖搖晃晃的木梯，越過泥土堆和船隻遺骸，來到丟滿雜物的碼頭邊。

愛德華向左轉，河堤讓他們無法並肩而行，只能一前一後前進。大如鵝卵石的雨滴飛快落在海面。

愛德華突然轉身。

「其實我們這裡的鳥類生態很出名，朱利安。」他帶著地主般的自豪說，「這裡有麥頭鳳雞、鷸、鷓鴣、草地鷚、反嘴鷸，當然還有野鴨。」他說著，像個餐廳領班介紹本日特餐。「現在請注意，你聽見鷸在呼喚牠的伴侶了嗎？請順著我指的方向看。」

朱利安假裝照著他的指示，但好幾分鐘的時間，他看見的只有地平線：經歷未來的某場浩劫摧毀之後，我們的文明僅餘的殘骸。這就是他們所在之處：遠處有廢棄的天線宛如森林在霧中聳立，廢棄的飛機棚、營房、宿舍和機房，架在巨大台子上用來進行原子彈壓力測試的亭子有斜面屋頂，但沒有牆，以防最壞的情況發生。而在他腳邊，有個警語要他小心腳步，待在標示的步道上，否則可能會觸發未爆砲彈。

「這個毛骨悚然的地方讓你動容吧，朱利安？」愛德華發現他沒在看鳥，於是追問，「我也是。」

「所以你才要來這裡？」

「是的，沒錯。」迥異於平常，他率直回答。然後他拉著朱利安的手臂，這也是他從未有過的動作。「專心聽。你聽見了嗎？告訴我，除了鳥叫聲之外，你還聽見了什麼？」朱利安什麼也沒聽見，只聽見更多的鳥鳴和風的呼嘯。「你聽見我們英國輝煌的往昔響起的轟隆隆槍砲聲？沒有？沒有槍砲聲？」

「你聽見什麼了？」朱利安尷尬地問，笑了一聲，驅散愛德華那凝視的嚴肅氣氛。

「我？」一如既往，他很意外有人這麼問他。「這個嘛，我們輝煌未來的槍砲聲。還能有什麼呢？」

還能有什麼，朱利安很好奇。走到沙洲盡頭，愛德華再次拉著他的手臂，要他坐在漂流木權充的長椅上，接著自己也在他旁邊坐下，朱利安此時更好奇了。

「我只是想到，我們或許不會有機會單獨聊一下。」他沒頭沒尾地說。

「怎麼可能沒有？」

「葬禮之後，很多事情會改變。會有必須履行的新責任，也會有新的生活要過。我不能再無限期地當個寄生於書店的客人。」

「寄生？」

「可憐的黛博拉不在了，我也就沒有藉口了。」

「你不需要任何藉口，愛德華。我隨時都歡迎你。我們要一起建立一座很棒的圖書館啊，記得嗎？」

「我記得，你一直都這麼慷慨大方，而我很慚愧，竟然利用了你的熱忱款待，但很不幸，這是必要的。」必要？「我們的共和國已經根基穩固建立起來了，現在需要的，就是你以有目共睹的行政能力讓它開始運轉。我已無用武之地。我的朋友很欣賞你。」

「瑪麗？」

「她不擔心你會背叛我。她很樂於把要給我的回信託付於你，她說你是個正直的人。她是個理解真實世界，經驗豐富的人。」

「她還好嗎？」

「謝謝你，她很安全。我很高興這麼說。」

「嗯，瑪麗真不錯。」

「確實。」

對話停了下來：在朱利安，是因為找不到話可說；至於愛德華，則是在整理思緒。

「我發現你喜歡我女兒。你沒被她偶爾反覆無常的態度給騙了？」

「我應該被騙嗎？」

「莉莉，我敢這麼說，她天生不會隱瞞她的感情。」

「也許她已經有太多其他事情要隱瞞了。」朱利安大膽一試。

「山姆不是個障礙？」

「山姆？他是個寶。」

「他有一天會統治世界。」

「但願如此。你該不會是要叫我娶她吧？」

「噢，親愛的朋友，不是這麼致命的事，」愛德華臉上瞬間亮出一個短暫的微笑，「我只是需要確定，莉莉沒把感情放在錯誤的對象身上。你已經讓我放心了。」

「你是要去什麼地方嗎，愛德華？現在說這些幹嘛？」

愛德華臉上閃現的是警覺的表情嗎？但再看一眼，朱利安相信自己看錯了，因為愛德華臉上的表情就只是離奇的哀傷：

「我已經屬於過去了，朱利安，不會造成任何傷害。我希望你知道，若是有那樣的場合出現，你可以任意討論我。有些人我們永遠不該背叛，無論代價是什麼。但我並不屬於這一類，我沒有權利要求你做什麼。我愛你父親。現在請和我握手。好了，我們回到停車場之後，我應該會和你正式道聲再見。」

先是用力的握手，接著是衝動的擁抱，但只用力一抱就放開，趁他們看見我們之前就放開。

11.

幾個星期以來第二次，朱利安為了黛博拉而換裝打扮，但今天他毫不猶疑，穿上他金融區的深色西裝。從刮鬍鏡裡，他能看見那座中世紀教堂傲然聳立山坡上，尖塔上的聖喬治旗幟降了半旗。教堂下方是古代水手的墓園，根據傳說，他們的靈魂可以從那裡回到海上。

我這一生都謹守著我們部族的盲目迷信，而且我還打算依循我們部族的儀式安葬。

莉莉規定他要在十一點十五分出現在送靈隊伍裡。不管是自己父親的葬禮，或母親的葬禮，他都不是扶柩人。在和莉莉的多次交談裡，他不時會浮現可笑而且可怕的場景，覺得他可能會不小心絆倒，或是搞得一團混亂。甚至在葬禮前一天，他也還耗了大半個晚上在想這件事。

銀景莊園讓她覺得毛骨悚然。

愛德華太愛她，無法好好跟她說話。只談了五分鐘，然後他便出門了。

就連山姆都很安靜。她把他挪到她臥房裡，最後最後，他終於睡著了。

愛你，朱利斯。祝一夜好眠。

十分鐘後，她回訊。不知是她傳簡訊給他，還是他打了電話給她。

大雨過後，這天晴朗破曉。雖然腳上是金融區穿的好皮鞋，但朱利安決定步行。他爬上山坡，教堂單調的鐘響越來越大聲，不只召喚鎮上的人，也召喚據那位榮光估算的五十到六十名過去與現在的情報局成員。停車場到處都是褐色坑洞，因為教堂沒錢修補。在那裡停車要冒著腳弄濕、鞋沾泥的風險。兩名阿諛奉承的警察要開車抵達的人別理會路邊的黃線。教堂門廊上，悼客互相打招呼，擁抱。兩三個穿西裝的人在發送告別式儀典小冊。在枝葉舒展的柏樹下，三個年輕的葬儀社員工悄悄抽著菸。全身黑衣的西黎雅突然找上他，一名身穿駝毛外套，戴橘色豬皮手套的小個子男人在她身邊徘徊。

「你沒見過我的柏納德吧，年輕的朱利安先生？」西黎雅用帶刺的口氣問，冷硬的目光牢牢盯住他。「也許葬禮之後我們可以聊一下，好嗎？談談這究竟是怎麼回事？」

兩名圖書館的女志工抓住他：

「這真是太可怕了，對不對？」

可怕，他也覺得。

接著出現的是肉店老闆歐利和他的伴侶喬治。

「你們會不會剛好在附近看見莉莉？」他問。

「她在法衣室，和牧師在一起。」喬治馬上說。

「你就是那位書店老闆，」有位面無表情的高䠷女人對他說，「我是黛博拉的表妹萊絲麗。我也在找莉莉。這位是我先生。」

你們好。

法衣室的門敞開著，裡面有法衣櫃，牆上掛著燈芯草編成的十字架。他童年時代的香料氣味瀰漫，只是不見牧師，也不見莉莉。他繼續往前走，看見她就站在兩道大拱壁之間高長的草叢裡，戴著黑色鐘型帽，一襲長裙，活生生是個維多利亞時代的孤兒。在她腳邊，紅色花圈和花束堆得像座小山。

「我說過，要把這些擺在墳墓旁邊的。」她說。

「然後送到醫院。妳告訴他們了嗎？」

「沒有。」

「那我來說。妳昨晚有沒有睡？」

「沒有。抱我。」

他照做。

「葬儀社應該給這些送花的人列一張清單，免得卡片掉了。我也會提醒他們。山姆呢？」

「和彌爾頓在一起。他們去遊戲場了，我不要他靠近這裡。」

「愛德華呢？」

「在教堂裡。」

「做什麼？」

「瞪著該死的牆壁。」

「妳要自己留在這裡，還是和我們一起走？」

「你後面。」

這是一句警告。一名像橄欖球員的高大男子，亮出咬合的兩排牙齒，咧開微笑，跳到他面前：

「嗨，我是瑞吉。小黛的好同事。你是朱利安，對吧？書店老闆？我們要一起扶靈。好，跟我來。」

幾碼外，還有四個瑞吉，以及一個腋下夾著禮帽的葬儀社人員站在那裡等候。默默握手。嗨。嗨。葬儀社人員要求說幾句話，請不要打岔，各位先生，如果可以的話：

「我要先提醒各位先生，無論如何都不要碰把手，否則就會發現你得帶著把手回家。各位請用單肩單手抬起我們逝者的棺木，我本人會指揮大家什麼時候抬起，然後跟隨你們前進，以免發生其實機率小之又小的任何失誤。同時請各位注意第三塊石板，因為那裡很容易出狀況。還有其他疑問嗎，各位？」

「喪家希望明天早上把花送到綜合醫院，同時也想要一份送花者的名單。」朱利安說。

「謝謝你，先生，這是每份合約都已載明的規定。還有其他問題嗎？如果沒有，我要請大家移步到門廊，等待靈車抵達。」

一位年齡較長的婦人突然出現在朱利安面前，擁抱他。

「你知道嗎？F7[25]整個部門的人都來了！」她興奮宣布，「其中有幾位是從來不參加葬禮的。這是不是太不可思議了？」

「是很了不起。」朱利安贊同。

朱利安一手扶住逝者的棺木，將她遺體六分之一的重量扛在右肩上，緩緩穿過走道，格外注意第三塊石板。他一面走，一面仔細看著前來參加葬禮的人，首先是莉莉，她坐在北走道的前排左側，旁邊是她的父親。他看不見愛德華的臉，只看見他那裹在優雅西裝下的雙肩，以及白髮蒼蒼的後腦勺。

榮光的五十到六十名悼客分成兩組，他斷定：過去的成員坐在主走道的前排，現在的成員則坐在南走道的後排，這樣他們看得見大家，但大家看不見他們。是巧合？或是情報局接待組的巧妙安排？他懷疑是第二個答案才對。

深紅色的祭壇兩側，各有一個以果樹材雕刻而成的跪姿天使。祭壇前面是棺木台。葬儀社人員輕聲說：「放下。」躺著黛博拉．埃文遺體的可生物分解棺木毫無差錯地擺放在台子上。俯身靠近棺木時，朱利安看見棺蓋上的紅玫瑰中間，有一枚繫綠色緞帶的金質獎章。一名禿頭的風琴手對著鏡子，開始彈奏起哀悼的獨奏曲。朱利安及時和其他扶柩人一起轉身就座。他坐到莉莉旁邊。莉莉戴手套的手伸了過來，熟悉地蜷窩在他的掌心。她輕聲說：「天哪。」然後閉上眼睛。坐在她另一邊的愛德華眼神空洞瞪著前方，下巴抬起，肩膀往後，彷彿正面對行刑隊。

25 英國MI5下轄的F部門，又以職責細分為數個單位，F7負責調查包括國會議員在內的各政治團體。

站在講台上顯得嬌小脆弱的莉莉，頭戴鐘形帽，身穿黑裙，唸起一首吉卜林的詩。這首詩是她媽媽生前自己挑選的。她的嗓音頭一次變得這麼小聲，只有前幾排聽得見。

風琴樂聲猛然響起，是給五十至六十名過去與現在的情報局成員和他們伴侶的信號，要他們立即整齊劃一站起來。鎮民也跟著他們站了起來。信眾雷鳴般齊聲誓言要夙夜匪懈成為朝聖者，聲音之大，讓拱頂為之顫抖。

無論哈利名字為何，他的角色都扮演得非常完美。也不管情報局立場為何，他的立場都與之一致。他遣詞用字簡單清晰，審慎且直截了當。他身上隱隱散發一股凜然正氣。他致詞時姿態光明正大，同時也不須藉助小抄，就講得流利通暢。

黛博拉個人出眾的美貌，她的智慧。

她母親早逝，是極大的遺憾。

她父親是位軍人、學者、藝術收藏家與慈善家，她很幸運能在他的庇蔭下長大成人。

她對國家的愛。

她堅決將責任置於個人利害之前。

她對家庭的愛，她從心愛的丈夫身上得到的支持。

她無可匹敵的語言天分。她鮮明展現的非凡才智。

她對組織的愛。超乎一切的愛。

鎮民會不會自問，這些罕見的才智為何會集於這個他們只隱約知道是某個委員會成員的女子身上？

他們似乎沒問。在他們聽得入迷的表情上，朱利安沒有看見任何困惑。甚至在哈利騎士代為宣讀這家獨一無二的公司董事長個人悼詞，感念親愛的黛博拉這麼多年來不眠不休的辛勤貢獻時，鎮民們的反應竟然是有點欣喜若狂。

又一段讚美詩。

無止盡的祈禱。

朱利安的整個童年撲天蓋地襲捲而來。

牧師身上佩戴著一排獎章。他是本地的英雄，還是和哈利騎士與榮光隸屬同一個圈子？今天募集的款項將用於資助海外教會。為了減輕我們工作過度的志工負荷，參加告別式的人員在離開前，可否將讚美詩集和聖詠集放在長椅前方的矮架上？安葬儀式馬上就要開始，但只限家人與受邀來賓參加，不好意思。其餘來賓請移駕參加在皇家避風港飯店所舉行的茶會，只要往下坡走兩百碼就到了。有食物過敏的來賓，請告知提供飲食服務的人員。那裡備有無障礙設施。風琴樂聲開始呈現倦乏的絕望時，朱利安和其他扶柩人回到各自在棺木周圍的位置，由胖胖的葬儀社人員帶領，緩慢走向等候的靈車，然後尷尬地擠進車裡，坐在棺木後面。車子繞道，沿著兩旁道路施工的紅泥土路往前開。牧師和六名親屬坐在前面那輛巴士上。扶柩人下車，比較年輕的葬儀人員緩緩抬出棺木，所有的扶柩人再次各就各位。莉莉和愛德華站在離墳地邊緣幾碼處。莉莉緊緊抓住愛德華的手臂，抓得好緊，緊到手指都已泛白。彷彿要進一步提醒他，她就在他身邊似地，她將頭靠在他肩上。

他說媽不要他站在她的墓邊。我說，要是他不去，那我也不要去。他們究竟對彼此做了什麼，朱利安？她今天淩晨打他的行動電話，昏沉欲睡地問。

胖胖的葬儀員下達一連串指令，六名抬柩人止步，遲疑，然後緩緩將棺木移下肩膀——這是最棘手的部分——轉到手上，極為謹慎地放到木板上，接著抓緊帶子，等年輕的葬儀員拉開木板。就這樣，黛博拉被放進了她的安息之地。

「很不得了的告別式，」瑞吉說。他和朱利安並肩，一起下坡走向皇家避風港飯店。「她實至名歸。而且可憐的愛德華硬撐得不錯，你不覺得嗎？考慮到現在所有的情況？」

什麼所有的情況，究竟，朱利安很想知道。

•

他們算是到得晚的，只剩下家屬還沒到。

「我們應該認識彼此才對，可是並不認識。」他們握手的時候，哈利騎士抱怨。

朱利安報出名字之後：「我當然知道你是誰！是愛德華的朋友，他們家的朋友。很高興有你在。」

「我是榮光。」披著藕紫色披肩的女人說。雖然面無表情，她的態度卻顯得愉快。「莉莉說你一直提供很有力的支持。」

一群鎮民聚在大會堂的另一頭。西黎雅從眾人之中走出來，旁邊緊緊跟著身穿駝毛外套的柏納德。

「我想和你私下講幾句話，年輕的朱利安先生，如果你能撥出一點時間的話。」她說，很不客氣地抓住他的手臂。「好，告訴我，你和誰談過了？」

「現在？」

「不只現在。你和誰嘰嘰咕咕說過我的壯觀藏品和我偷偷收下的某些非正式酬勞？」

「西黎雅，妳行行好吧，我幹嘛去和任何人嘰嘰咕咕？」

「你那些當你耳目打探消息的金融區有錢朋友呢？」

「對於我有沒有聽過任何消息的問題，我已經告訴過妳了，我們就別再糾結了。我什麼都沒聽到，而且也沒有和任何人談過。這樣妳滿意了嗎？」

「女王陛下的增值稅調查員可不會滿意，我告訴你。他們像黑道那樣闖進我店裡。『我們有理由相信，梅瑞德太太，多年來，妳透過某些未申報的青花瓷交易抽取佣金，獲得祕密收入，因此我們必須立即扣押妳的銀行帳簿和電腦。』是誰告訴他們的？不會是泰迪。他不會的。」

柏納德那張活像老鼠的臉從西黎雅肩膀後面探了出來：

「我叫她去報警，對吧，但她不肯。」他埋怨，「不要報警，她絕對不報警，是吧？」

一陣小小的騷動，顯示遲來的家屬終於抵達了。莉莉還是挽著愛德華。朱利安正要走向她，卻再次被精力充沛的瑞吉攔下。在此之前，瑞吉一直在對無人招呼的賓客施展他的魅力。

「我可以耽誤你一下嗎，朱利安？」

但他已經拉住朱利安了。他們站在通往廚房的隱密處，工作人員端著裝酒和小點心的托盤，快步經過他們面前。

「我有位資深同事迫切需要和你談談。」瑞吉說，「馬上，恐怕是。」

「談什麼？」

「安全領域問題。他查過你了，評價很高。保羅・歐佛斯坦德，你認識吧？」

「我在金融區的第一份工作就是他給的。幹嘛？」

「保羅要向你問好。傑瑞・西曼，以前和你同時擔任主任的？」

「他怎麼了？」

「他說你是個渾蛋，但心地不壞。我車就停在卡特街轉角。黑色的BMW，擋風玻璃上有個紅色的K。記住了？卡特街，黑色BMW，紅K。給我五分鐘，然後跟著我出去。告訴他們說馬修覺得他心臟病發還是怎麼了。」

工匠、間諜和本地仕紳忙著認識彼此。愛德華和莉莉站在入口，莉莉拿酒杯的手臂張得開開的，毫不選擇地擁抱任何一個人。愛德華沉默不語，挺直站著，握每一隻向他伸來的手。在過去和現在的情報局成員裡，似乎只有少數幾個認識他。

「他們想找我談，」朱利安把莉莉拉到一旁說。「他們希望我找個白癡理由離場。我馬上就要走了，等到可以打電話的時候，我就打給妳。」

然後彷彿突然想到似地：

「我想妳不該告訴妳父親。」

他走到馬路上，另兩個扶柩人向他打招呼，一左一右陪他走了五十碼的距離，到卡特街。黑色

ＢＭＷ停在雙黃線上。十碼外站了個警察，目光故意望向馬路另一頭。瑞吉坐在駕駛座，車後另有一輛綠色福特。他們出發，另外那兩名扶柩人上了綠色福特，緊隨在他們車後。沒多久，他們就開到曠闊的鄉野。

「他叫什麼名字？」朱利安問。

「誰？」

「你那位同事。」

「我想應該叫史密斯吧。你帶了行動電話嗎？」

「幹嘛？」

「可以交給我保管嗎？」——伸出他的左手——「公司的規定，恐怕是。結束之後會還給你。」

「我想要自己留著，如果對你沒差的話。」朱利安說。

瑞吉打左轉燈，把車停進路邊的臨時停車區。他們後面那輛綠色福特也跟著停下來。

「好吧，我們重新再來一遍。」瑞吉說。

朱利安交出他的行動電話。他們駛離幹道，鑽進窄小無車的巷道。天空變暗了，大大的雨滴打在擋風玻璃上。他們右邊有條沒鋪路面的小路，一個「吉屋出售」的牌子上貼了「已售」的字樣。他們蹦蹦跳跳駛過坑洞，綠色福特跟隨在後，開進一個破敗不堪的大聚落，有部分屋頂蓋著茅草的穀倉，還有傾頹的工寮。正中央是一棟被棄置的農舍，正面釘著薄薄的擋雨板，四周圍的遮雨蓬沒能完全遮住的，是大批各形各色的運輸工具，從中型車到遊覽車，從摩托車到自行車、電動腳踏車、嬰兒推車，以及——

最吸引朱利安目光的——一輛破舊的廂型車，如果他沒看錯，那就是停在銀景莊園巷道上，車內坐著一對熱情如火的戀人那一輛。

而在院落裡，或從一間間工寮進進出出，或忙著整理車輛與摩托車的，同樣是各式各樣的人，從中年夫妻到背包客，從身穿制服的郵差到帶小孩的媽媽都有。但讓朱利安最驚訝的是，他們看起來全都平凡無奇，同時也沒有任何一個人轉頭看他。瑞吉陪他走向農舍，一位身穿名牌西裝的修長男子步步為營地走下破損的門階，以微笑化除他的尷尬，伸手表示歡迎。

「朱利安，我是史都華．普羅克特。很抱歉這樣綁架你，但這恐怕是相當急迫的國家大事。」

•

朱利安一直沒開口，並不是因為找不到話說，或義憤填膺，而是因為他太遲才明白，這幾天、甚至幾個星期以來，他都在等待某種解答。他們讓瑞吉站在門邊。普羅克特藉著一只舊式銀色手電筒的亮光，帶他跨過陰暗的房子，越過破損的瓷磚和光裸的桁架，穿過破碎的落地窗，來到一個花木過度繁盛的環形花園。花園中間是一棟木造的夏日小屋，門敞著。一條步道穿過高長的草叢，天花板垂掛點亮的油燈。陶桌上有瓶威士忌，還有冰塊、蘇打水，以及兩個酒杯。

「頂多兩三個小時，除非有什麼事情發生嚴重失誤，」普羅克特說，倒了兩杯酒，一杯遞給他。

「然後我們就會讓你回鎮上。討論的主題，我想你應該已經猜到了，是愛德華．埃文，這在官方機密等級裡是最高機密，甚至還超過最高機密。所以，首先，要是你同意，請在這裡簽名，然後永遠保持沉默。」——拿出一張列印的表格，又從西裝內側口袋掏出一支原子筆。

「要是我不願意呢？」朱利安問。

「那情況可就不妙了。我們會逮捕你，罪名是懷疑你為女王陛下的敵人提供協助與安慰。我們會拿出地下室的電腦當證據。你們兩個合力，同謀，共犯。你們利用經典圖書館當掩護。如果有必要，他們很可能也想逮捕可憐的馬修。所以最好是簽名。我們需要你。」

朱利安拿起筆，聳聳肩，沒看表格內容就簽字。

「你應該很驚訝才對，但你看來沒那麼意外。」普羅克特收回他的筆，將表格折好，收進口袋。

「你自己懷疑過嗎？」

「懷疑什麼？」

「你和愛德華討論過那些珍貴的中國瓷器嗎？」

「沒有。」

「銀景莊園以前有過一大批收藏品。」

「我也這麼聽說。」

「要是我對你說『阿姆斯特丹彩瓷』，你不知道我在說什麼？」

「完全不知道。」

「巴達維亞陶器？」

「也不知道。」

「伊萬里？軍持[26]？克拉克瓷[27]？顯然也不知道。所以如果你知道這些類似的詞彙曾經大量出現在你的電腦裡，然後又抹除痕跡，你會不會覺得意外？」

「會。」

「但是我們可以推斷，這並不表示你的文學共和國和西黎雅．梅瑞德的往日情懷有同一批價值連城的中國瓷器？」

「是的，並不是。」朱利安木然說。

「換個稍微愉快一點的話題來說，你和我私下都很關心他的女兒莉莉，如果我們說莉莉在這件事情上一點責任都沒有，你覺得如何？」

「繼續。」

「除了為愛德華．埃文提供庇護所、電腦和掩護說法之外，你是不是還幫過他什麼特別的忙——替他跑跑腿——事後從比較宏觀的角度來看，會讓你覺得很奇怪的？」

「為什麼我要覺得奇怪？」

「這個嘛，『為什麼』是另外一個問題，對吧？有天早上你出門晨跑的時候，我們搜查過你的公寓。然後找到了這個，」——一份影印資料交給了朱利安，是他的隨身行事曆。「你要是翻到今年四月十八日那一頁，會看到你隨手記下的一輛倫敦計程車的車牌號碼。看見了嗎？」

他看見了。

「在同一頁，寫著火車班次。伊普斯威奇到ＬＳ，上午七點四十五分。我猜ＬＳ指的是利物浦街。你那天在倫敦？」

「看起來我應該是在倫敦沒錯。」

「不是應該。我懷疑你出於善意，自願跑這一趟。你記下車牌號碼的那輛計程車——我們馬上就知道為什麼——是定期結帳的。那天從西區長期客戶的地址載了一位女乘客到貝爾塞斯公園，在那裡等了她二十七分鐘，然後再載她返回西區。根據你提供的訊息，這趟車程的車資是記在格林街的阿拉伯國家聯盟帳上。車資包括等候時間與小費，共計二十四鎊。她是誰？」

「我不知道。」

「你和她在哪裡碰面？」

「貝爾塞斯公園的人人電影院。」

「計程車司機證實了你的說法。碰面之後呢？」

「到隔壁的咖啡廳。一家小酒館。」

「這一點也證實了。我認為，這次會面是愛德華指示的。」

點頭。

26　軍持（Kendi），來自梵文「kundika」，指「盛水器」，長頸、圓腹、無柄，源自印度僧侶所用的水瓶。

27　克拉克（Kraak），明代銷往歐洲的青花瓷。

「你自己那天在倫敦有其他事要辦嗎？」

「沒有。」

「所以是專程跑一趟，這也是愛德華的指示，一接到通知就去辦的善心之舉。我說的對吧？」

「他有一天開口請求，我隔天就去了。」

「因為事情很緊急？——對他來說很緊急？」

「是的。」

「為什麼？他有沒有說？」

「事情很急迫。他認識她很久了，她是他生命中很重要的人。這對他來說至關重大。他太太快死了。我很喜歡他，現在還是喜歡。」

「但他沒說她在他生命中扮演什麼樣的角色？或許是從過去以來始終扮演的角色？」

「他為她瘋狂。他不用說我也看得出來。」

「她叫什麼名字？」

「沒說。為了方便起見，我叫她瑪麗。」

普羅克特似乎不意外。

「這件事之所以急迫的原因呢？」

「我沒問，他也沒說。」

「信的內容呢？目的，傳送的信息？」

「一樣沒問。」

「你完全沒想打開看看？你沒有。很好。」

為什麼很好？因為他遵守了童子軍的榮譽？八成是，從這個人的表情來看，沒錯。

「但是瑪麗，這是你給她的名字，她當著你的面看信。這是女服務生說的，你給了她很慷慨的小費。」

「是瑪麗看信，我沒看。」

「信很長嗎？」

「那個女服務生怎麼說的？」

「你怎麼說？」

「愛德華手寫的信，共有六頁。大概啦。」

「而且你衝出去替她買了信紙，擺在她面前。還有膠帶。然後呢？」

「然後她寫了一封信。」

「你也沒看，我猜。寫給愛德華的。」

「她沒寫收件人。她給我一個空白的信封，說交給他。」

「那你為什麼要記下她那輛車的車牌號碼？」

「一時閃過的念頭。她讓我印象深刻。從某個方面來說，很特別，我想我是希望能多瞭解她一點。」

「如果你看行事曆的隔壁頁——四月十七日，一整頁——你會看見自己寫下的筆記，我猜是在回伊普斯威奇的火車上寫的。看到了嗎？」

他正在看。

「你的筆記寫：『我很好，我很沉著，我很平靜。』這是誰說的？」

「瑪麗說的。」

「瑪麗對你說的？」

「對。」

「應該是說她自己吧？」

「應該是。」

「你聽了之後怎麼做？」

「轉告愛德華，這應該會讓他很開心。後來也的確是，他很歡喜。我告訴他，說她很漂亮，他也很喜歡我這麼說。她確實很漂亮。」他又補上一句，從他思緒深處浮現的一句話。

「這麼漂亮啊？」普羅克特問，從椅子下方撈出一本相簿，翻開，推過陶瓷桌面給朱利安看。是個身穿豹紋外套的長腿金髮女子，正要下禮車。

「更漂亮。」——遞回相簿。

「這個？」——又遞給他。

那是好幾年前的瑪麗。瑪麗頸間圍著格紋的阿拉伯頭巾。瑪麗站在主席台上，露天對著阿拉伯群眾演講。瑪麗開心高舉拳頭，群眾歡呼。許多國家的國旗，最醒目的是巴勒斯坦國旗。

「他說她很安全。」朱利安說。

「他什麼時候告訴你的？」

「幾天前，我們在奧福德散步的時候。那是他喜歡去的地方。」

再次沉默。

「你要怎麼告訴莉莉？」普羅克特問。

「告訴她什麼？」

「我們剛剛談的，你看見的。他父親是什麼樣的人，或者說，以前是什麼樣的人。」

「我才剛簽名用生命做擔保，不是嗎？我為什麼要告訴她任何事情？」

「可是你會的。所以你要怎麼告訴她？」

同樣的問題朱利安已經問自己好一會兒了。

「我想，無論如何，愛德華很可能已經自己告訴她了。」他說。

•

朱利安忘了自己曾給過莉莉書店的鑰匙，他公寓的鑰匙也掛在同一串上。因此他打開電燈時，好一晌功夫才接受眼前的景象：她赤裸著身體躺在他床上，她不是個夢，她像溺水的女人那樣對他張開雙臂，淚水汩汩流下臉頰。

「我想這是我們該稍微尊重一下生活的時候了。」她對他吐露心聲，在後來。

12.

「所以，他們終於讓你坐上局裡的捷豹轎車後座了，」貝登畢說，目光一半瞥著普羅克特，一半瞄著普羅克特看不見的電腦螢幕，「肯定很棒吧。」他用同樣沒有表情的音調若有所思地說。

「嚇得我魂都快沒了。」普羅克特坦承，「在A12公路上以時速一〇五哩狂飆，你想想。不是我的菜啊。」

「孩子們都發展得很好吧？」貝登畢問——又碰了碰電腦。

「很好，謝謝你，昆汀。你的孩子呢？」

「嗯，都很令人滿意。」——又碰了一下，「噢，泰瑞莎正忙著，她一直在進行調查。」

調查什麼？泰瑞莎是局裡令人望而生畏的法務處長，不容任何人表達反對意見的她已經往頂樓來了，全副武裝，準備戰鬥。

他們正坐在貝登畢的頂樓辦公室裡，就只有他們倆。貝登畢坐在他別無他物的辦公桌後面，普羅克特坐在黑色真皮扶手椅裡。這把椅子在他坐下時，吱了一聲。牆壁漂亮的鑲板是只有資深局長層級才能用的榆木木紋板。在暗沉的光線下，那木紋的黑色樹瘤宛如彈孔。

昆汀．貝登畢是年富力強的中年人。打從普羅克特剛認識他，他就是這個模樣。往後梳的金髮如今終於變得灰白，低調的電影明星長相，上好的西裝，從不脫下外套。此時他依然沒脫下。他講話從不拔高嗓音，擁有很上得了檯面的妻子（又或者，是妻子擁有他），出席局裡的盛大活動時叫得出每一個人的名字，但除了這些活動之外，從不露面。他在河對岸有間單身公寓，和家人同住的房子則位在聖奧爾本斯，用的是另一個姓。他不關心政治，但只要打對牌，同時保守黨又能在下次大選勝選的話，他就很可能加入局長接班人的隊伍裡。他在局裡沒有親近的朋友，所以也就沒有近身的敵人，第一流的首長人選。國會的監督人員都會被他玩弄於股掌之上。

如果這就是一般人對於貝登畢所知的總合，那麼，身為他二十五年陪跑隊友的普羅克特也沒什麼可補充的。打從認識開始，貝登畢這奇蹟般的平步青雲，對普羅克特來說就是個謎。他們倆同樣年齡，透過相同的招募管道同年入職。他們參加相同的訓練課程，在相同的行動裡並肩合作，競爭相同的職位與晉升機會，直到不知何時貝登畢慢慢、而且總是毫不費力地，輕鬆領先了他，近年更數度躍升，所以此時普羅克特在內部安全處辛苦工作，不久之後也會在這個職位上被請退，而貝登畢，語氣單調，有一雙安全、而且保養良好的手的貝登畢，眼看就要戴上金冠。膽大的人會竊竊私語：因為普羅克特把時間都花在做貨真價實的工作。

「你介意去開門嗎，史都華？」

普羅克特乖乖打開門。進來的是身材高眺、令人畏懼的泰瑞莎，身穿黑色權力套裝，邁著大步，手上的黃褐色卷宗封面大筆一揮，畫上一個綠色對角線的叉叉，這是局裡最為明顯有力的「生人勿近」標誌。

「我相信這件事就僅限於我們三個吧，昆汀？」她警告說，逕自在另一張扶手椅坐下，一面將裙擺往上拉，讓她可以翹起腳來。

「是這樣沒錯。」貝登畢說。

「很好，我也只能這麼希望。而且我也希望你沒錄音，或耍其他的小聰明？沒有吧？」

「絕對沒有。」

「工友沒不小心打開什麼吧？因為在我們這個地方，誰都不知道會有什麼事。」

「我檢查過了，」貝登畢說，「我們今天都不在這裡。史都華，最新情況的報告。你準備好開始了嗎？」

「你最好是準備好了，史都華，因為我告訴你，狼群就在門外，天一亮我就得向他們回報。漂亮又優雅的愛倫還好吧？給你惹了不少麻煩吧，我想？」

「她情況很好，謝謝妳。」

「這個嘛，很高興有人情況很好，」修長的手臂一伸，把畫有綠色叉叉的卷宗丟在貝登畢桌上。「因為我們現在要處理的，是前所未有、五星級的天大災難。」

•

在比較輕鬆的情況下，普羅克特會從他近幾個星期所得知的愛德華・埃文形象開始說起：過度單純，過度天真，因為出身而受到傷害，偶爾任性，過度讚頌浪漫的熱情，但本質上是困險無阻，忠貞不二的主任探員：他為我們打過冷戰，懷抱善意涉入波士尼亞問題，直到發生一樁惡夢般的意外，讓他走上錯誤的道路。但此刻普羅克特面對的，並非能夠懇求酌情減輕刑罰的聽眾或時機，他只能陳述事實。因此他就從這裡開始：

「黛博拉的智庫針對升高第二次伊拉克戰爭所提出的那份沒獲批准的行動計畫，我不知道你們看了多少。你看了嗎，昆汀？」

「為什麼這麼問？」貝登畢問，這讓普羅克特很不解。

「那內容讓人毛骨悚然，真的。情報是我們最頂尖的情報單位提供的，但整個規劃卻全部基於政治認知，而不是真實情況的可行性。同步轟炸伊斯蘭的重要城市，把迦薩和南黎巴嫩送給以色列，以國家元首為目標進行暗殺計畫，派遣大批國際傭兵用偽旗作掩護，假借我們厭惡的人民之名，在整個區域製造混亂騷動——」

泰瑞莎聽夠了。

「對著月亮發呆狂叫的瘋子，誰會懷疑？」她不耐地打斷普羅克特，「重點是，史都華，就在這些危險的狂言亂語穿梭在更加無法無天的權力走廊兜售時，黛博拉．埃文找上你，半吐露心聲地——不管這是什麼意思——告訴你，她逮到她心愛的丈夫在她的保險庫周圍探頭探腦，在她看來，顯然是在尋找他可以貪婪吞下的東西。而你反應很冷淡，只在她的檔案裡加上一條沒有意義的註記，說她健康情況不佳，工作過勞，一心相信共黨分子就躲在她床底下。未來面對任何公開調查，這都是必須回答的問題。」

普羅克特早就為這個時刻作好了準備，勇敢不屈地回答：

「佛羅里安和黛博拉為這個問題的事實真相吵過一架，泰瑞莎，但沒有結果。黛博拉筋疲力盡，就像我在檔案裡寫的，而佛羅里安整天喝酒——」

「這你可沒寫。」

「我們沒有任何情報來源所提供的證據，可證明他刺探自己的妻子或任何人，身為內部安全處處長，我不認為我可以仲裁夫妻糾紛。」

「而你也從來沒想過要問問自己，他為什麼要在震懾戰甚囂塵上之際，每天把自己灌得醉醺醺？如今，此時此刻，你也沒回頭想想：他就是在那個時候倒戈的？」泰瑞莎追問。

「沒有。」普羅克特說，讓這一個答案同時回答兩個問題。

聲音寡淡乏味的貝登畢想知道的是，切爾登翰[28]監控系統——對情報局來說，他們向來是很可疑的目標——為何在這個工作上摔得這麼慘：

「過去十年，甚至更久以來，」他譴責說，「依據所有客觀分析，如果事情發展到這麼嚴重的地步，在我看來，他們確實有比我們更大的問題要回答。妳覺得呢，從法律層面來說，泰瑞莎——先撇開

28 切爾登翰（Cheltenham），指總部位在此地、負責英國國內通訊與情報監控的「政府通訊總部」（Government Communications Headquarters, GCHQ）。

跨組織間的競爭不談，因為我們都認同，那已經是過去的事了？」

「我今天早上找他們的大巫師談過了，他們完全不知情。這是我們的案子，我們沒向他們簡報，他們不知道整體情況，也沒有理由起疑心。這是典型「橘子是什麼」的問題。一顆橘子，對恐怖分子來說，代表的是一顆手榴彈，但對賣菜的人來說，就只是一顆橘子。青花瓷的問題也是這樣。那是商人對商人交談，也是普通買賣的對話。還需要監聽哪一個人，或者某個交易商的道德或政治關聯為何，都不是切爾登翰該管的事——至少到上個星期之前還不是。這只是第一個論點，」她不理會貝登畢舉起的手，繼續說，「因為切爾登翰介入需要兩個條件，而他們連第一個都沒有。論點二，是他使用的文字密碼和其他同樣粗淺的混淆技巧，就連九歲小孩瞥一眼都破解得了，所以遠遠避過了他們的偵查雷達。那就多給我們幾個九歲小孩啊，我告訴他。反正你們一半的雇員都比九歲大不了多少。對話結束。」

「我們有沒有告訴切爾登翰，進行這項調查背後的真正理由，你說呢，史都華？」貝登畢問，心思飄得遠遠的，「我們向他們簡報的時候，有沒有暗示這樁案子可能涉及我們局裡的內部安全問題？他們有沒有可能聽到風聲，你覺得呢？」

「絕對不可能，」普羅克特信心滿滿地回答，「我們用青花瓷當幌子，給他們一個涵蓋全鎮的概括簡報。沒有具體內容，沒有理由。所以他們才會抱怨啊。我們也努力調取可能從商家和私人住宅打出的異常電話。佛羅里安很會利用別人的電話。當然，他都會付錢，從不讓任何人覺得不高興。靠近水岸邊有家咖啡廳，是個波蘭人經營的。一個月有十八通電話打到迦薩，總計打了九十四分鐘。」

「打給誰？」貝登畢問，又碰了碰他的電腦。

「主要是打給一個名叫菲力克斯・班克斯泰德的和平主義者，他是佛羅里安前女友安妮亞的合法丈夫。」普羅克特答道，很慶幸貝登畢問了這個問題，讓他有機會淡化佛羅里安史嚴重的越界過失。「佛羅里安和班克斯泰德從在波士尼亞那時就有往來。班克斯泰德主編了一堆只供中東人訂閱的時事通訊，叫『菲利西塔』。佛羅里安用很多不同的筆名為他們寫了好幾年的稿。顯然都是極具爭議的東西。班克斯泰德是他的編輯，也是他的保險閥。」

泰瑞莎不以為然：

「這也會讓審議委員會笑掉大牙：一年付五十鎊訂閱，就能讀到英國頭號間諜提供的最新情報。儘管如此，我敢打賭，他肯定把最珍貴的部分都留給了莎瑪。她有優先選擇權，對吧，史都華？」

「那麼這些資料究竟拿去怎麼運用，大致上來說，你認為呢，史都華？」貝登畢也問。

「她覺得怎麼合適，就怎麼運用吧。」普羅克特有點戒心地說，「給誰，怎麼給，我們目前還不知道。但顯然是為了進一步推動她的和平工作，不論我們認為她錯得有多離譜。」接著，重新振作起來，「我的意思是，昆汀，在你嚴格的指示下，我們完全沒有討論到損害的問題。你覺得我們只要一放手給外交部的分析員，不管我們編了什麼掩護故事給他們聽，肯定還是會說溜嘴，露出馬腳。但現在，就我們所知，並沒有。」

「真主保佑。」泰瑞莎虔誠地喃喃低語。

「這也是你希望的發展方向，昆汀。」

「史都華，佛羅里安寫給《菲利西塔》和其他姊妹刊物的那些匿名文章，」——貝登畢選擇當作沒聽見普羅克特說的話——「就你來看，主要的基調整體而言是什麼，例如？」——用的是他最不確定、也最有所保留的口氣。

「很可能和我們揣測的差不多，副座。美國不計任何代價要處理中東問題的決心；他們每次為了要收拾上一場戰爭的後果，只要有必要，就再發起一場新戰爭的習慣；北約是冷戰殘餘的遺物，弊多於利。而可憐兮兮，沒有利牙、沒有領導人的英國緊緊跟隨，是因為依然夢想自己是個偉大的國家，除此之外，也不知道自己還能擁有什麼其他夢想。」普羅克特這段話讓大家頓時沉默下來。打破沉寂的是泰瑞莎，她顯然覺得需要刻薄地岔開話題：

「史都華有沒有告訴你，那渾蛋竟然膽敢在他一篇可惡的垃圾文章裡寫到我們情報局？」

「就我所知沒有，沒有。」貝登畢審慎回答。

「根據佛羅里安以約翰．史密斯還是什麼名字所寫的文章表示，伊拉克的這筆爛帳，全是英勇的英國情報局的傑作。為什麼呢？因為有兩個有史以來最知名的間諜——T. E. 勞倫斯[29]和葛楚．貝爾[30]——在某個下午拿著尺和鉛筆劃定了國界。他竟然也敢提醒讀者，正是我們情報局巧言令色說服想稱霸想到瘋的美國，拔除伊朗歷來最好的領袖，因而突然引發這場可怕至極的革命。」

泰瑞莎的這段話或許是想讓大家稍微喘口氣，但就普羅克特看來，在貝登畢身上產生的效果卻恰恰相反，因為他整個人的狀況，只能以陷入深思來解釋：也就是說，他那雙澄澈的藍眼睛轉向已變黑的窗戶尋求靈感，指甲修剪整潔的手摳著下唇。

「他大可以來找我們啊，」他說，「我們會聽他說。我們隨時都願意幫他。」

「佛羅里安應該來找我們？」泰瑞莎不可思議地問，「要求我們去改變美國的政策？然後呢？」

「這是個歷史案件。既不會再發生，也沒造成可證實的損害。」貝登畢還是看著窗戶，「妳告訴他們了嗎？」

「我說了，而且說得很明白。但他們買不買帳，又是另一回事了。」泰瑞莎說。

普羅克特決定保持低調。佛羅里安是否洩露了情報局的計畫或情報局的癱瘓？情報局的情報來源？又或者透露了實情，也就是部分的情報其實已經脫離提供客觀建議的悠久傳統，只是為了踏穿殖民幻夢世界的原始叢林，在日薄西山之際搞一場令人飄飄然的鬧劇。

貝登畢尋找理由，想將這整件事當成沒有實質意義的案子：「我們可以否認他。他不是真正的英國人，我們可以利用這一點。他向來都不算是局裡的正式成員，頂多只是個臨時雇員。害群之馬。」

泰瑞莎並不讓步：

「昆汀，真他媽的，你沒看到《泰晤士報》週四刊出的黛博拉訃聞嗎？我引述給你聽：『在過去四分之一世紀，被讚佩她的同事暱稱為小黛的黛博拉，是英國最具天分的情報官員。期待她為國家利益所做出的貢獻，有朝一日能完整呈現在我們面前。』佛羅里安是她老公，對吧？你當真建議我們在他老婆

---

29 勞倫斯（Thomas Edward Lawrence, 1888-1935），即眾所周知的「阿拉伯的勞倫斯」，原為英國軍官，在阿拉伯爭取民族獨立的起義運動中擔任英國聯絡官而成名。

30 葛楚・貝爾（Gertrude Bell, 1868-1926），英國作家與探險家，因對阿拉伯世界的瞭解，而成為英國政府倚重的中東專家，也對奧圖曼帝國崩潰後的中東民族國家疆界劃定產生極大影響，同時也協助伊拉克建國。

葬禮才剛結束不到二十四小時，就把他抓來關？你認為媒體不會注意到？」

貝登畢作此建議嗎？普羅克特懷疑。他有提出任何建議？他究竟站在哪個立場？有任何立場嗎？又或者，他只是像牆頭草那樣，等著看哪一邊的拉力比較大？

「所以為了局裡的整體利益，」貝登畢又對著窗戶說，彷彿窗外廣闊的空間給了他安全的距離。「我們現在要做的就是損害控制。」

他沒提高嗓音，但語氣已不再像之前那麼平板、單調。在普羅克特聽來，比較像是預習在委員會上發表意見的那種語氣：

「我們應該對他採取強硬立場。我們要求的，是涵蓋他背叛行為的各個面向，完整、沒有任何限制的自白。執行幾個星期，有必要的話也可延長到幾個月，但報告內容限閱，只有閣員層級能看。打從第一天起，他給她的每一條消息。以及就他所知，她運用這些情報所做的一切，和想達成的目的。沒有這些，他就別想和我們談條件。絕對休想。我們的條件必須——」他似乎很不願意用這幾個詞彙，「絕對，嚴格，無可妥協。」

「他們的條件也是，」泰瑞莎怒氣沖沖插嘴說，「白廳氣得像大黃蜂一樣，要是你還不知道的話。他們不希望早上還應我們的要求夸夸其詞說謊，下午卻被逮到做了見不得人的事。我們，也就是本局，能不能保證他們不會在明天的《衛報》上讀到《佛羅里安的探險：第一集》？要是我們嚴厲懲罰佛羅里安，對他會不會有用？因為照目前的情況來看，這些都不太可能，如果你需要他們的法律意見的話。但如果你想聽我的意見，我能給的頂多就是這個，」——她打開黃褐色的卷宗，抽出垂著一小段綠色緞帶、看起來非常正式的文件——「三個鐘頭之前和他們浴血奮戰的結果，他們連一個標點符號都不會答應更動。如果佛羅里安不簽，後果就誰都說不準了。」

•

一個鐘頭之後。普羅克特原以為自己今天能承受的額度已滿，但門口卻還有個好消息在等他。從保全那裡拿回行動電話之後，他收到愛倫兩個小時前發送的簡訊。她正搭機回希斯羅機場。看來挖掘行動並沒有原先設想的那麼好。

13.

這天早上九點，普羅克特開著局裡的福特轎車，在交通尖峰時間離開倫敦。他謹慎小心一如既往，但身上的西裝比尋常日子穿得要好一些。西裝內側口袋有一份瘦長的半防油紙文件，他堅信這份文件能把愛德華從即將降臨的嚴厲懲罰裡拯救出來。他對自己說——其實也沒有別人可說——這就是愛德華的免刑卡。現在一切都在於愛德華自己，讓他自己看看內容，想一想，再簽字。

一個鐘頭前，他人還在海豚廣場時，曾打電話到銀景莊園，但沒人接。於是他馬上打給比利。比利是情報局內部監視部門經驗豐富、而且表現優異的主管，自從黛博拉的信送達之後，就負責對佛羅里安進行高密度全面監控。他很聰明地對手下組員說明這個行動是訓練測試，而他們監視的對象是以前的主管人員，也是屆時要為他們打分數的人。

沒，比利說，佛羅里安沒從他家出來，應該是不肯接電話：

「老實說，我都覺得他是死了，史都華。我知道我會這麼想。昨天葬禮過後，我們看見他回家。他的莉莉陪在他身邊，一直到十一點十分。後來我們看見她去了她那個小情人的書店。佛羅里安在屋子裡走來走去，我們看見他的身影。凌晨三點，他熄掉了他臥房的燈。」

「你手下那些男生女生呢，比利？沒太過度努力吧？」

「我告訴你，史都華，我從來沒像現在這麼以他們為傲。」

普羅克特於是思索著，是不是應該派比利或是他的某個監視員去驚動愛德華，但最後決定不要。取而代之的，是在八點半從車上打電話到書店找朱利安。朱利安很有禮貌地接起電話。莉莉是不是剛好在這裡？

莉莉不在。莉莉開車去索普內斯到蘇菲阿姨家接山姆，順便載蘇菲到銀景莊園。朱利安有什麼可以幫得上忙的呢？

這消息讓普羅克特暗暗鬆了口氣，因為打從在安全屋見過莉莉之後，他始終擺脫不了心中的罪惡感。

現在他有了個主意。他認為最重要的是，愛德華應該儘快看到這份必須以生命作保證的文件。所以，沒錯，事實上，仔細想想之後，朱利安確實可以幫得上忙：他身邊有印表機嗎？

「什麼印表機？」朱利安追問，口氣不再那麼有禮貌。

「當然是電腦用的印表機啊，不然你以為是什麼？」

「已經被你們偷走了，記得嗎？」

「好吧，那你店裡有沒有傳真機？」普羅克特繼續問，暗罵自己這麼蠢。

「我們是有傳真機。沒錯，儲藏室裡有部傳真機。」

「誰負責操作？」

「我會操作，如果你想問的是這個問題。」

「好。你操作的時候，可以支開馬修，別讓他靠近嗎？」

「沒問題。」

「同樣也不讓莉莉靠近？」——朱利安明顯沉默下來——「我不希望她擔心這件事，朱利安。她的煩惱已經夠多了。我有一份緊急文件必須交給她父親。只有他自己能看，是他必須簽名的文件。也是在目前的情況下，最正面、而且有建設性的文件。但必須立即處理，你懂我的意思嗎？」

「我瞭解。」

「我要把文件傳真給你。你將文件裝進信封，直接送給愛德華，告訴他，史都華．普羅克特說：『仔細讀一下內容，我已經在路上，看他想什麼時間、在哪裡和我碰面，好讓我們可以搞定這件事情。』然後，我要你打這個電話號碼給我，只回答我一句話：時間和地點。」

他很意外，自己對朱利安講話的口氣竟然就和對局裡那些年輕小夥子一樣，然而他早就認定，這小子是天生幹情報工作的材料。

「用電子郵件寄到銀景莊園不行嗎？」朱利安反駁。

「不行，因為愛德華基本上沒有自己的電腦，朱利安，這你是知道的。」

「你們也偷走了黛博拉的電腦，我猜。」

「是收回。那從來就不是她的財產。而且愛德華不接電話，這你也是知道的。所以只能靠你了。你的傳真號碼是？」

朱利安突然有了一點活力，但這也沒讓普羅克特太過困擾：

「你當真認為我不會偷看文件內容？」

「我認為你會看，朱利安，但我不覺得我會太在意。」他輕快回答，「只要記得別到處嚷嚷，否則你就會在牢裡待上很長很長的時間。你自己也簽過一份文件。你的傳真號碼是？」

普羅克特接著打電話給安東妮雅，將朱利安的傳真號碼給了她，要她基於安全理由，先確認這是不是隆德斯利好書店的號碼。如果是，就立刻將一份愛德華免刑卡傳到這個號碼。

安東妮雅提出異議，因為她需要有人簽字放行。

「那就去找泰瑞莎簽字。」他馬上說，「但現在就去辦。」

要擺平的這個問題如此之重大，他們的對話卻這麼平凡無奇，這讓普羅克特格外有感。只是，他幹這個工作已經夠久，知道再重大的事件也總有辦法在小舞台上演。

等他在十點二十五分轉上 A12公路時，朱利安打來告知愛德華的回覆：

普羅克特一個人來。他們不該在銀景莊園見面，因為缺乏隱私。愛德華建議在奧福德。如果天氣不錯，愛德華三點鐘會在碼頭邊等他。如果天氣不好，那就在二十碼外的船骸咖啡館見。

「他情況如何？」普羅克特殷切地問。

「非常好，據說。」

「據說？你沒見到他？」

「是蘇菲開的門。愛德華在樓上浴室裡。他昨晚很不好受，她說。我把信封交給她，她拿到樓上，最後帶著他的回答下樓來。」

「這所謂的最後，究竟是多久時間？」

「十分鐘。夠他讀完好幾遍了。」

「那你花多少時間讀？」這是玩笑話。

「我沒看。真夠好笑的。」

普羅克特相信他。他寧可是朱利安親手將信交給了愛德華，但基於蘇菲在另一段人生裡曾是愛德華手下忠實的探員，所以他也很難想出比她更值得信任的中間人了。在事情正棘手的這個階段，想到有蘇菲在銀景莊園，他也很慶幸。如果愛德華處於壓力之下——他不太可能沒壓力——蘇菲可以發揮穩定情況的影響力。

他將車停靠路邊停車區，把奧福德的郵遞區號輸入衛星導航系統，查看地圖，然後打回總部，通知貝登畢相關的安排。貝登畢不在辦公室，普羅克特把訊息轉給他的助理。他的下一個工作是建議比利調整部署。小組要繼續監視那棟房子，直到愛德華出門，然後，定點監視人員留在原地等他回來。小組其餘成員則監控通往奧福德、村子廣場和側面出口的道路。

「但我需要空間，比利，拜託。他正要做攸關生命的決定。不准在碼頭邊閒晃買冰淇淋，他會注意這些事情。我要他知道，他擁有隱私。」

換句話說，他要愛德華自己一個人。時間已到中午，天氣看來很好。再過不到三個鐘頭，愛德華就會在碼頭邊等他。越是思索即將到來的會面，他就對前景越是抱持美好的期待。從操作面來說，愛德華是他的獵物。他追捕他，將他逼入絕境，如今就要從他身上得到完整披露的事實，終極的一切：損害；

次要的情報來源，如果有的話；運作手法；情報局內部已知或懷疑的同情者，但他覺得這純屬假設，因為愛德華這人，撇開別的不說，分明是個獨行俠。而最重要的目標是，愛德華對莎瑪那個終端使用者網絡的解讀，對她簡報或聽取她簡報的人的身分（如果有這些人存在的話），以及她的網絡（如果她有的話）。

待這一切塵埃落定，他會坦白問他，以男人對男人的方式：你究竟是誰，愛德華——曾經喬裝過那麼多人的你，現在還在扮演其他人嗎？若是我們撕去這一層層偽裝，看見的會是什麼人？或者，你始終就只是你所有這些偽裝的總合？

如果這就是你，你又是如何忍耐這無愛的婚姻，年復一年，就只為了更大的愛，據安妮亞最後終於透露的，這永遠不太可能實現的愛？

當然，這些都只是入門的問題。而且為了問這些問題，普羅克特無可避免也必須揭露自己的問題，或許會稍微多到令他不安，單單就只為了滿足這強烈的好奇心。但追獵已經結束，又有什麼可損失？投注熱情的這個概念讓他很困惑——更不用說是讓這樣的熱情主導人生。任何一種絕對的忠誠奉獻，在他訓練有素的心中，都構成嚴重的安全威脅。情報局的整個行為準則都完全——他甚至會說是百分之百——反對這樣的奉獻，除非你是想操縱手下某個探員的絕對忠誠奉獻。

但和他曾經見過的人相比，他直接感受到愛德華是另一種不同的生物。如果你有哲學家的心境——普羅克特八成沒有——可以將這當成例證，說愛德華才是現實，而普羅克特純粹只是概念，因為愛德華忍受了如此之多生命煉獄的折磨，而普羅克特只見識過其中幾種。

他很想知道，在罪疚與羞愧的火爐中鍛燒是什麼滋味？知道即使窮盡一生之力努力嘗試，你也無法擺脫這個污點？你傾注一己之所有，一次又一次，卻只看見一切活生生從你身邊被奪走，無論是在波蘭，還是在——最具決定性，也最真確的——波士尼亞？

他回想起巴爾尼從巴黎發來的第一份關於佛羅里安的報告，說他這位最新招募、也最令人興奮的「年輕情報員深具潛力，正待發展」。報告裡提到佛羅里安「隱藏甚深的波蘭往昔」，彷彿在波蘭有往昔事的不是他的父親，而是愛德華自己，與生俱來就依附在他身上，但沒有人看得見，只有他自己知道。就在這言過其實的段落末了，得出的結論是，他這隱藏的往昔是「強烈的動力，能驅使佛羅里安以我們願意給予的任何職位為我們工作，達成對抗共產分子的目標。」

這個動力確實驅使了他——直到被另一個更強而有力的動力所取代：莎瑪，哀悽的寡婦，被奪走兒子的母親，世俗和平極端主義者，以及他永遠得不到的愛。

普羅克特在理智上可以理解這一點。儘管依據任何客觀標準，窺探妻子祕密的愛德華都已背叛了國家，這是很可能要關上二十年的重罪，但在他們的廣泛討論裡，普羅克特會確保他們先將這部分的事實擱在一旁不提。

儘管情報局有這麼多缺陷，愛德華還是愛它嗎？他也會問愛德華這個問題。愛德華很可能還愛，和我們一樣愛。

愛德華認為我們的情報局本身就是個問題，而不是解決方案嗎？普羅克特有時也這麼認為。愛德華是不是擔心，在英國外交政策欠缺連貫性的情況下，我們情報局會變得越來越自大？嗯，普羅克特自己也曾有過如此想法，他不介意承認。

他的心思暫時轉回莉莉身上。在這個問題上，前景似乎稍微明亮些，感謝上帝。看來這個可憐的女孩很可能會和一個好男人安頓下來。如果傑克能有像朱利安昨天在農場所展現的那種理智判斷力，或今天在電話上處理問題的態度，普羅克特會滿意得多。而凱蒂，除了其他美德之外也擁有務實智慧的凱蒂，如果能設法找個和她智慧相當的人安頓下來，那他就要給她大大的喝采。

然後，他的思緒又轉到了愛倫身上，雖然她其實一刻也未曾離開他的腦海。是誰，或什麼事情改變了她對這次休假的想法，真的是那位英俊的考古學家嗎？如果是，那麼這是她的第一次冒險？還是之前已有過他不知道的對象？有時候，整樁婚姻本身就是一個掩護故事。

據普羅克特事後所能判斷的，就在思緒差不多轉到這裡的時候，他從比利那裡得知令他不安的消息，說愛德華還沒出現。從銀景莊園到奧福德的車程大約是四十分鐘，而他們約定的會面時間是半個小時之後。

「他的車呢？」普羅克特追問。

「還在他家車道上。從昨晚就停在那裡沒動。」

「但他可能搭計程車，對吧？也許有輛計程車到後門接他。」

「史都華，我監視他的前門，他的後門，他的院子，他的側門，他每一扇落地窗，加上他樓上的窗戶和他的——」

「蘇菲還在屋裡？」

「她沒出來。」

「莉莉呢？」

「去書店了，帶山姆一起。」

「蘇菲來了之後，還有沒有什麼人到他家裡去？」

「有個吹口哨的郵差，十一點十分，他每天都在這個時間來。看來送的都是垃圾郵件。在門階上和蘇菲聊了一下，然後就走了。」

「現在有誰在奧福德？」

「我有人在廣場，有人在酒吧，有人在魚鮮餐廳的窗邊。我們沒去碼頭邊，因為你說不要去。你要我改變部署，或者照舊？」

「照舊。」

•

普羅克特有個決定必須下，而且他馬上就決定了。他應該去監視銀景莊園，搭著比利的廂型車到處轉轉？還是應該假設愛德華不知怎麼地溜出家門，用其他方法到了奧德福？他或許已經潛逃，這個可能性並沒有讓他太過困擾。某人若是即將收到一張免刑卡，有什麼道理不待在原處收下這張卡呢？

左轉往奧福德，三哩。他左轉。

這條路只有一個車道，但有錯車點。城堡出現在他右側，一輛白色的小巴士接近。他開到路邊，讓小巴先過。車上有開心的背包客，他懷疑是比利的手下，也許是換班。只要別靠近我的碼頭邊就好，你們每一個人。

他開進廣場，經過中央停車場。左方盡頭轉角處有條通往碼頭的下坡路。他往那條路開，緩緩欣賞兩旁的漁夫小屋。路邊稀落成行的行人，往上往下走的都有，但沒有一個是愛德華。

碼頭就在前方，再遠一些，有小船、海岬、霧氣和開闊的大海。要停車，還是不停車呢？他停了車，不理會停車付費系統，匆匆走過骯髒的步道，來到碼頭邊。

有一小群遊客排隊等候搭船觀光。有家附有戶外露台的咖啡館。有人喝茶，有人喝啤酒。他從咖啡館的窗戶往裡看，還查看了露台一圈。要是你在這裡，你肯定不會躲起來。你會出來找我。

在一間船屋開敞的門口，兩個看起來像當地人的漁夫在給一艘上下倒翻的小船刷上亮光漆。

「你們會不會剛好碰見我的朋友？埃文。泰迪．埃文？我想他經常到這附近？」

沒聽過這個人，老兄。

他回到車上，打電話給比利。什麼動靜都沒有，史都華。

普羅克特拋開所有的直覺，換上他專業人士的本色，採取防範措施，打電話給他的助理安東妮雅：

「安東妮雅，佛羅里安有幾本逃脫用的護照？」

「我看看。四本。」

「有幾本過期了？」

「都還沒過期。」

「我們也沒註銷這些護照？」

「沒有。」

「所以他就一直換新，而我們什麼也沒做。太帥了。立刻註銷他所有的護照，包括他合法的英國護照，然後向所有港口發出警訊，只要看見他就立即拘留。」

打電話給朱利安。他應該早點這麼做的。

•

普羅克特的車子開進銀景莊園大門時，朱利安和莉莉已經遵照他的要求，比他先抵達了。朱利安的陸上巡洋艦停在前院，他們倆從屋裡走了出來。莉莉低著頭，一路沒抬頭，走過普羅克特身邊，坐進車子前座。

「愛德華不在家。」朱利安冷著臉對普羅克特說，「我們已經把屋子從上到下找遍了。沒有半張紙條，什麼都沒有。他一定走得很匆忙。」

「怎麼走的？」

「想不通。」

「莉莉有什麼想法嗎？」

「我如果是你，現在絕對不會去問她。不過，她也不知道。」

「那麼蘇菲呢？」

「她在廚房裡。」朱利安匆匆丟下一句，便爬上他的陸上巡洋艦，坐在莉莉旁邊。

廚房寬敞但陰暗。有個熨衣板，瀰漫洗衣日的氣味。蘇菲坐在枕著格紋坐墊的木製扶手椅上，一頭毛絨絨的白髮，面容飽經風霜得像是來自東部邊境的波蘭老奶奶。

「這是個謎。」她說，彷彿思索許久才想出這個詞彙。「我到的時候，愛德瓦很正常。他想喝茶，我就泡茶。他想洗澡，他就去洗澡。然後朱利安來了。朱利安有一個大信封要給愛德瓦，我把信塞進了門底下，他大概看了幾分鐘吧。沒問題，他大聲對我說。沒問題，就三點鐘。告訴朱利安，三點鐘在奧福德。沒問題。洗完澡之後，他到院子裡散步。愛德瓦喜歡散步。我就在這裡，燙衣服。我沒看見愛德瓦。也許是有朋友開車來把他載走了，我沒聽見。愛德瓦很傷心，因為他的黛博拉死了。他不太講話。蘇菲，他對我說，我在心裡懷念我的黛博拉。說不定他是去她的墓園了。」

普羅克特把車停在俯瞰小鎮的山坡上，狠下決心打到貝登畢辦公室，找到的還是他的助理。他告訴這名助理，佛羅里安失蹤了，沒簽那份協議，而他行使行政權力，註銷了佛羅里安所有的護照，包括他目前所使用的英國護照，並監視所有港口。

他馬上將電話轉接給泰瑞莎。她斬釘截鐵表示愛德華應該被視為在逃的罪犯，並提議立即通知警方與皇家檢察廳。

「泰瑞莎，妳能不能再多給我幾個鐘頭，萬一他只是出門散步呢？」普羅克特懇求。

「去你的。我現在就要到內閣辦公室去。」

普羅克特再次打給比利，這回是下令要他派整個監視隊去田野裡仔細搜查——對，如果有必要，就召空中偵察隊過來。要是他們找到愛德華，應該儘量以最小的強制力立刻將人拘留，但在任何情況下，都不准把他交給警方或任何人，必須先等普羅克特有機會和他談過再說。

「這一切對他來說太難忍受了，比利。他這是在拖延時間，他會想通的。」

他相信自己講的話嗎？他不知道。這時已經下午五點，暮色將近。除了等待，什麼也不能做。只能不時打給朱利安，以防萬一他或莉莉有話要說。

•

在格列佛咖啡吧裡，任何最小的聲響也像爆炸聲一樣。山姆在遊戲場活蹦亂跳一陣之後，馬上就在手推車上睡著了。莉莉坐在吧台前她慣坐的凳子上，不是頭埋在手裡，就是盯著行動電話，盼著電話鈴響。再不然就走到窗前，期待看見頭戴洪堡帽，身穿淺褐黃色風衣的愛德華在街上閒逛，雖然這機會非常渺茫。過去一個鐘頭，普羅克特打了兩次電話來，問他們有沒有消息。現在他又打了第三次。

「叫他去死吧。」莉莉轉頭含含糊糊地對朱利安說。壓力之下，連髒話都棄她而去了。

她正要回到她的沉思時，馬修出現在門口，說郵差小安迪人在樓下的儲藏室，剛送完信。他有件私人的事必須和莉莉談一下。

莉莉抓起行動電話，隨馬修走下樓梯。小安迪足足有六呎四吋高，已經換下郵差制服，穿著牛仔褲。莉莉突然想——她後來也這樣告訴朱利安——要是他才剛送完信，那麼他換衣服的速度還真快。這個念頭更加重了她的不祥預感。她也發現安迪省略了平常愉快的招呼。

「這是我們最不該做的事，莉莉，」他說，但不是從頭，而是從中間說起，「搭載未獲授權的乘客。要是被逮到，我們就完蛋了。」

但他真正、真正最擔心的，安迪說，是埃文先生的健康狀況——好吧，是泰迪啦——他偷偷溜進了廂型車，像玩具「盒裡的傑克」那樣突然從後面冒出來，說很抱歉，安迪，彷彿是個玩笑似的。要不是蘇菲已經泡好茶給他喝，泰迪一開始就不會有機會溜上他的廂型車。他體型這麼大，究竟是怎麼辦到的，安迪實在想不通。

朱利安此時出現在莉莉身邊，聽安迪的說法：

「我告訴他，泰迪，下車。趕快下車，不要讓我再說一遍。但他說他的小姨子隨時會到銀景莊園來，他看見她就受不了——我沒有對妳阿姨不敬的意思，莉莉。而且他的車鑰匙不見了，所以他還能怎麼辦？埃文先生，我說，我沒叫他『泰迪』。不管你是什麼人，要是你現在不下車，我就按下警鈴，那麼你就完了，而我八成也完了。」

「所以你究竟按了沒有？」莉莉追問，聽在朱利安耳裡，並不如他預期的那麼心煩意亂。

「當時的情況一觸即發，莉莉。好吧，安迪，他說，別生氣，我瞭解，一切都會沒事的——妳也知道他是什麼樣子，如果他真想做什麼的時候——只要過了車庫，就在沒有人能看見我的那個轉角放我下車，我可以從那裡開始步行，這十鎊給你，但我當然沒收。可是我還是覺得他不對勁，莉莉。呃，我的意思是，誰會這麼做——只因為黛博拉過世？這事情要是傳出去——」

「他要走去哪裡？」莉莉逼問，還是那有點跋扈的口吻。

「他沒說，莉莉，我也沒機會問他。他迅速下了車，妳絕對不會相信他動作居然這麼快。他只告訴我，他要離妳阿姨越遠越好，我沒有不敬的意思。之後，我又掉頭回去了，對吧？」

「回去哪裡？」莉莉又問。

「回去看看我讓他下車的地方。看他是不是沒事。他那個年紀，很有可能跌倒或什麼的。只是他那時已經搭上便車了，對吧？我的意思是，感覺上不過才幾秒鐘，一定才過幾秒鐘。」

「搭誰的車？」這次發問的是朱利安，而莉莉緊抓著他的手。

「一輛小型寶獅。黑色的，很乾淨。簡直不敢相信，這個年頭還有人敢在這裡讓人搭便車，但就是有。」

「你看見開車的人了嗎，安迪？」莉莉問。

「只看到背影，因為車子已經開走了。愛德華就坐在前座，據說讓陌生人搭便車的時候，這樣比較安全。」

「男的還是女的？」

「很難說，莉莉，這年頭很難從髮型判斷出來。」

「車牌呢？」朱利安問。

「不是本地的車牌，我知道。而且我不知道這附近有誰開黑色寶獅。所以那人載他去哪裡？全都只是因為妳阿姨，莉莉。我覺得完全說不通啊，天曉得是誰把他載走的？任何人都有可能。」

朱利安一再道謝，並且保證只有在必要的情況下才會聯絡警方和醫院，同時也絕對不會提到安迪的名字，然後陪他走到門口。回到樓上之後，他發現莉莉沒在格列佛咖啡吧，而是站在他起居室的凸窗前，望著大海。

「告訴我，我該怎麼做。」他對著她的背影說。「我應該馬上打給普羅克特，還是什麼都不說，祈求上帝讓他出現在這裡？」

沒有回答。

「我的意思是，要是他真的情況很不好，或許最好讓普羅克特找到他，讓他得到適當的幫助。」

「他找不到他的，」她轉過身來，露出和之前完全不同的表情——非常滿足，甚至可說笑容燦爛——害得他有那麼一瞬間替她擔心起來。「他去找他的莎瑪了。」她說，「這是我會瞞著不讓你知道的最後一個祕密。」

導讀

這世間唯一的救贖

郭重興

讀勒卡雷的小說，總會忘了他其實是個作家，而很難自拔地把他視為間諜，是一名老間諜用筆寫下他自己或別人間諜生涯的林林總總。

如果硬要說回顧，那麼《此生如鴿》應已足夠，至於另外一層的「回顧」，把史邁利、貴蘭姆、老總、利馬斯等萬千讀者心目中那些不朽的間諜都召喚回來，那當然非《間諜身後》莫屬了。不過，如果你以為除了這兩本後期力作，之後的作品只能算是餘戲，那就大錯特錯了。尤其是這部《銀景莊園》。

因為篇幅不長，兩百來頁，我自己也掉入了這個迷思。想想已經八十好幾的老作家，可能是技癢難耐，或是排遣自覺時日無多的歲月，所以用輕鬆的故事來自娛、娛人。因為編輯要我為這本書寫點東西，我匆匆讀了一遍。只覺上文不對下文，許多細節陷阱都被我忽略了，甚至還略嫌多餘。莫非作者真的，說實話，年歲已高，多少恣意妄為了？

擱了一兩個月，其間讀了些傳記和經濟史方面的書籍，眼看編輯要稿的大限已近，趕快換了心情，把稿子鋪陳桌面，重新享受素來喜愛的勒卡雷。果然，味道出來了，藉著隱而不顯的細節，情節的脈絡也更清晰了。但疑點還是不少，為什麼文中會有「中國青瓷」，為什麼會有「文學共和國」這些枝節跑出來？

信不信由你，我馬上重讀第三遍。如果不是它那麼迷人，我如何能在讀完之後的第二天，又花了三天將它從頭到尾精讀一次，而且還劃線、標記，簡直不亦樂乎。

但《銀景莊園》是間諜小說嗎？

倫敦金融小子朱利安決心遠離塵囂，帶著大把鈔票來到小鎮開了家小小的書店，卻因為父親高中同學、舊時代（其實也不過是上個世紀）的老間諜愛德華的出現，因而無端捲入他自始至終都如霧裡看花的間諜世界。

待堪稱二十一世紀史邁利的普羅克特登場，小說總算有了「專業」的氣氛。普羅克特怎麼看都是史邁利的對照，他身材碩長，衣著光鮮，而且毫無丁點文學的哲思，但似乎是宿命，和史邁利都有個「屬於他人」的美麗太太。

然而勒卡雷就是不讓讀者一眼看出「破口」出現在哪裡。普羅克特這裡走走，那裡談談，漸漸讓愛德華的輪廓浮現出來。至於愛德華究竟幹了什麼好事，讓情報局幾乎炸鍋，要到故事尾聲，可愛又無辜的朱利安似乎才有了一知半解。

《銀景莊園》絕對是勒卡雷「最好看」的小說。我不說「最好」，畢竟他傳世的作品那麼多。然而比起《鍋匠裁縫士兵間諜》的絕望，《冷戰諜魂》的冷冽，《間諜身後》的感傷，《銀景莊園》是愉快的，幾乎是陽光的。每次書店老闆朱利安出現，愣頭愣腦的，你不覺得世界是值得作夢嗎？而當學習藝術、父母皆為相互戒備的間諜的莉莉喊出「我們一家都是間諜」，你不免以為自己多少鑽進了間諜小說大師的內心深處。

勒卡雷有一部、而且是唯一非關間諜的小說《天真善感的愛人》，有書評家稱之為勒卡雷最接近自傳的小說，我懷疑這份榮譽應該歸《完美的間諜》才是。但若說《天真善感的愛人》書中男主角對愛情的癡迷與渴望是間諜創作大師個性中不為人知的一面，那麼，說它帶有「自傳性」卻也不無道理。《天真善感的愛人》文字風格極其華麗，角色間的對話既黏膩又細緻，而這種「甜蜜」感也出現在《銀景莊園》。或許，這是老作家內心的一種真正的回歸？

《銀景莊園》到了故事尾聲，朱利安可曾因被愛德華耍弄而怪罪他？

顯然沒有。他不僅傾倒於愛德華的妻子對手黛博拉，也和他們的女兒莉莉墜入再自然不過的情網。小說中雖然沒講，可是當莉莉在故事終章說出「他找不到他的」、「他去找他的莎瑪了」時，朱利安心中一定滿溢溫柔，讀者或許亦然。

原來，愛德華對妻子、對英國的背叛，就是為了他的莎瑪，一名多年前在波士尼亞內戰中毀去的小村裡倖存的女子。

終究還是愛情，這世間唯一的救贖，活下去的唯一理由。對老間諜亦然。

譯後記

和約翰的最後一次散步

李靜宜

二〇一七年，小說《間諜身後》出版之後，素來不喜歡接受採訪的約翰·勒卡雷在他位於英國康瓦爾郡的家裡，接受美國哥倫比亞電視台（CBS）招牌節目《六十分鐘》的訪談。影片裡，銀髮如霜的他在濱臨大西洋的懸崖小徑散步，在框進一窗海景的二樓書房裡握筆沉思，年近九十，眼神依舊炯炯有光。

採訪他的知名記者史蒂夫·克羅夫特（Steve Kroft）問起，他在那幾年接受訪談的次數似乎比過去很長一段時間多，而且每次都說是最後一次接受訪談，究竟是為何。

勒卡雷笑著回答說：「因為我每次都覺得這是我出版的最後一本小說，所以就像有酒癮的人，想著就只是再來一杯，又有何妨呢？」

不只勒卡雷，就連我們這批癡心的忠實讀者，近十幾年來，每讀到他的一本新作，心裡就暗暗想著這應該是最後一部作品。但沒有，就在你這麼想的時候，勒卡雷又寫出了一本新書。

但是，這樣的驚喜再也不會有了。這部小說，真的是最後一部了。

二〇二〇年年底勒卡雷過世後，我一直為自己與他最後的作品擦身而過抱撼不已，然後就意外得知勒卡雷身後留有遺作的消息。經過漫長的等待，在我幾乎以為要永遠錯過勒卡雷時，《銀景莊園》終於來到我身邊。

譯寫多年，有幸翻譯了幾本暢銷書，每遇陌生的朋友，總有人介紹我是某某書的譯者，引來恍然大悟的熱絡招呼。這「某書譯者」彷彿掛在胸口的徽章，成為眾人辨識我身份的重要標章。

但偶爾——就只是偶爾——會有人突然眼神發光：「你是勒卡雷的譯者！」我也跟著眼睛一亮，宛如遇見了某個秘密社團從未謀面的社友，驚喜萬分。

勒卡雷的書迷隸屬於某個祕密社團，不是因為勒卡雷的小說世界圍繞著間諜與秘密發展，理當有個不見天日的地下會社存在；而是因為勒卡雷的小說固然精彩緊湊，讀來流暢無礙，但字裡行間埋藏著文字表面意義之外的另一層意涵，想要真正理解，似乎有著那麼一點點門檻。你必須世故得略帶憤世嫉俗，卻天真得還相信理想，最好還曾經在人生的道路上跌倒，受過一點小傷，那麼，你就會是個完美的讀者，可以在勒卡雷以文字搭築的迷宮裡，找到他精心留下的線索，發現一個隱身在各種堂皇口號之下，黑白莫辨曖昧難解的真實世界。

也因此，儘管我在勒卡雷成名數十年後才真正認識他，不時有相見恨晚之感，但卻也總是慶幸，我是在最好的時間點與他相遇。若是年紀再輕一些，對人世再天真一點，或許我就不會懂得勒卡雷文字背後百轉千折的深意，也不會理解那愛與背叛是一體兩面的人生困境，甚至可能因此而錯過了一位值得我鍾愛一生的作家。

常說自己從出生那一刻起就是間諜的勒卡雷，下筆描繪的諜報世界，不是伊恩·佛萊明〇〇七的浮誇幻麗，而是永遠帶著一抹灰色調，彷彿倫敦街頭下個不停的雨。情節與佈局的緊湊與嚴謹，是一部出色間諜小說最基本的條件。但是勒卡雷的企圖不僅是在寫出一部扣人心弦的諜報小說，而是要藉由諜報世界扭曲的視角，宛如三稜鏡般折射出人性的終極難題：在忠貞與背叛，權力與人性之間的永恆拔河。

於是，我們隨著勒卡雷筆下的角色，一次次徘徊在道德的邊線，猶豫著是該跨過界線，履行職責義務，或者是該遵從自己的良知，守住人性的底線？他們內心的掙扎，也是我們自身人生的寫照。我們行走在蒼茫人世，以世故偽裝自己，抵擋來自現實的槍林彈雨，反覆陷入愛恨義利的糾葛，不免自問，我還是當初那個懷抱理想與熱情的我嗎？

在《銀景莊園》的最終章，情報主管普羅克特暗忖著要問愛德華，那個被情報機構鼓動熱情，全心為志業奉獻，卻屢次因為現實利益而挫敗愧疚的愛德華：「你究竟是誰，愛德華——曾經喬裝過這麼多人的你，現在還在扮演其他人嗎？若是我們撕去這一層層的偽裝，看見的會是什麼人？或者你始終就只是你所有這些偽裝的總合？」

但看透滄桑的勒卡雷沒讓這最後一絲的人性光芒熄滅。剝除重重偽裝，愛德華仍然是當年那個愛其所愛，為所當為的熱血青年。

二〇一七年接受《六十分鐘》訪談時，勒卡雷談起本名（大衛．康威爾）與筆名（約翰．勒卡雷）在他身上所顯現的不同人格：「大衛努力想當個好爸爸，是個有許多缺點的普通人；而約翰充滿想像力，我帶著他在懸崖漫步，他總以想像力召喚許多人物現身，讓我度過愉快時光。」

能在大西洋海濱的懸崖上，和約翰共度他最後一次的散步時光，我何其有幸。

勒卡雷　作品集 27

銀景莊園
Silverview

作者　約翰・勒卡雷 John le Carré
譯者　李靜宜
副社長　陳瀅如
總編輯　戴偉傑
編輯　林家任
行銷　陳雅雯、趙鴻祐
封面繪圖　Emily Chan
封面設計　井十二設計研究室
排版　宸遠彩藝工作室
印刷　通南彩色印刷股份有限公司

出版　木馬文化事業股份有限公司
發行　遠足文化事業股份有限公司（讀書共和國出版集團）
地址　231 新北市新店區民權路 108-4 號 8 樓
電話　(02) 2218 1417
傳真　(02) 8667 1891
客服專線　0800 221 029
信箱　service@bookrep.com.tw
法律顧問　華洋法律事務所 蘇文生律師

出版日期　2024 年 5 月 初版一刷
定價　新台幣 340 元

ISBN　9786263146525（紙本）
9786263146648（PDF）
9786263146631（EPUB）

國家圖書館出版品預行編目

銀景莊園 / 約翰 . 勒卡雷 (John Le Carré) 著 ; 李靜宜譯 . -- 初版 . -- 新北市 : 木馬文化事業股份有限公司出版 : 遠足文化事業股份有限公司發行 , 2024.05
240 面 ; 14.8 X 21 公分 . -- (勒卡雷作品集 ; 27)
譯自 : Silverview
ISBN 978-626-314-652-5(平裝)

873.57 113004586